KB239524

대
大魔宗
마종

임영기 新무협 판타지 소설
FANTASTIC ORIENTAL HEROES

대마종 8

임영기 新무협 판타지 소설

초판 1쇄 찍은 날 § 2009년 2월 19일
초판 1쇄 펴낸 날 § 2009년 2월 28일

지은이 § 임영기
펴낸이 § 서경석

편집장 § 문혜영
편집 § 문정흠

펴낸곳 § 도서출판 청어람
등록번호 § 제1081-1-89호
등록일자 § 1999. 5. 31
어람번호 § 제2-1682호

주소 § 경기도 부천시 원미구 심곡2동 163-2 서경B/D 3F (우) 420-828
전화 § 032-656-4452 팩스 § 032-656-4453
http://www.chungeoram.com
E-mail § eoram99@chollian.net

ⓒ 임영기, 2008

ISBN 978-89-251-1699-0 04810
ISBN 978-89-251-1307-4 (세트)

大魔宗

대마종

◇ 8 ◇

마중협(魔中俠)

임영기 新무협 판타지 소설
FANTASTIC ORIENTAL HEROES

도서출판 청어람

目次

第七十四章
강변의 아비규환

대마종
大慶人宗

"**속**하, 소주를 뵈옵……."

혈오는 급히 무가내에게 무릎을 꿇으며 머리를 조아렸다.

그러나 그녀의 몸은 굽힐 때보다 더 빨리 펴졌다.

"인사는 나중에 하자."

혈오는 무가내가 무형지기로 자신을 일으켰다는 사실을 깨달았다.

그녀는 우뚝 서 있는 무가내가 마치 천신처럼 보였다.

더구나 이천 가까운 적들에게 포위된 상태에서도 그는 한 팔로 적멸가인의 어깨를 안은 채 잔잔하게 미소를 지으며 혈오를 응시하고 있었다.

혈오는 무가내가 대동협맹 고수들을 안중에도 두지 않고 있다는 사실을 깨달았다.

그가 얼마나 고강한지는 아직 알지 못하지만 그것만으로도 충분히 위안이 됐다.

"서장에 다녀오는 길이냐?"

듣기만 해도 가슴이 시원해지는 청명한 목소리에 미소를 머금으며 무가내가 물었다.

마치 가까운 곳에 심부름이라도 다녀오느냐고 묻는 것처럼 정겹게 들렸다.

"네."

무가내는 고개를 끄덕였다.

"자세한 얘기는 이따가 술 한잔하면서 듣도록 하자."

"네."

혈오는 절대 그런 성격이 아닌 데도 불구하고 무가내가 태연히 말하자 정말 이따가 술 한잔하면서 보고를 해야겠다고 생각하다가 내심 움찔 놀랐다.

더구나 그녀는 무가내가 이 장 주변에 무형지막을 전개한 상태에서 태연하게 말을 하는 것을 보고 놀라움과 기쁨을 감추지 못했다.

원래 오욕칠정을 일체 드러내지 않는 그녀지만 소주 앞에서만큼은, 그리고 그가 전가해 주는 감정만큼은 주체하기가 어려웠다.

적멸가인은 더없이 행복한 마음이었다.

위기에 처한 자신들을 구하러 달려와 준 무가내가 너무도 듬직하고 사랑스러웠다.

그와 뜨거운 정사를 나눌 때 느끼는 행복하고는 또 다른 행복감이었다.

자신이 정말로 그의 아내고, 그가 진짜 남편이라는 사실을 실감했기 때문일 것이다.

그리고 또 한 가지, 적멸가인은 무가내가 자신을 훨씬 능가하는 고수라는 사실을 깨달았다. 그녀가 임독양맥이 소통된 상태인데도 말이다.

자신들의 이 장 둘레에 무형지막을 쳐놓고서도 태연하게 말을 할 수 있을 정도라면, 최소한 적멸가인보다 두어 수 이상 고강할 것이다.

문득 그녀는 어떤 생각이 떠올라 실소를 금치 못했다.

그녀는 얼마 전에 혈풍신옥을 잡겠다고 많은 고수들을 이끌고 머나먼 항주까지 갔었고, 그곳에서부터 혈풍신옥을 추적하여 다시 정협맹 근처까지 갔었다.

그 당시에는 혈풍신옥과 일대일로 싸워서 이길 자신이 넘쳤었다. 자신이 패할 것이라는 생각은 꿈에서조차 하지 않았었다.

그런데 그때는 그녀의 임독양맥이 소통되기 전이었으니 지금보다 훨씬 약했었다.

그런데도 혈풍신옥을 잡아서 죽이겠다고 서슬이 퍼래서 날뛰었으니, 지금 생각하면 쓴웃음만 났다.

무가내는 적멸가인의 어깨를 놓고 천천히 주위를 둘러보다가 바위 위에 서 있는 중천신창 백기도를 발견하고 그가 적의 우두머리라고 판단했다.

무가내는 백기도를 보면서 조용히 말문을 열었다.

"지금 물러가면 살려주겠다."

백기도는 예전에 혈풍신옥을 본 적이 없지만 무가내를 보는 순간 그가 혈풍신옥이라는 사실을 한눈에 알아보았다.

백기도는 눈살을 찌푸렸다. 이런 상황에서는 누구라도 상대가 누군지, 무엇 때문에 많은 고수들을 이끌고 왔는지를 묻는 것이 순서다.

그런데도 무가내는 그런 것들은 관심도 없다는 듯 오히려 자비를 베푸는 것처럼 말하지 않는가.

백기도는 혹시 무가내가 수하들을 이끌고 왔나 싶어서 주위를 둘러보았지만 아무도 없었다.

그래서 그는 무가내의 자비로움을 젊은것의 단순한 객기라고 일축했다.

"네가 혈풍신옥이냐?"

"그렇다."

백기도는 무가내를 가리키면서 엄숙한 표정으로 꾸짖었다.

“노부는 대동협맹의 중천신창 백기도다! 무림의 이름으로 너를 처단……."

그러나 그는 말을 잇지 못했다.

무가내가 자신을 향해서 일직선으로 곧장 쏘아오는 것을 발견한 것이다.

그러자 포위하고 있던 고수들이 일제히 무가내를 향해 파도처럼 몰려들었다.

그러나 무가내는 아주 가볍게 훌쩍 신형을 날려 비스듬히 허공으로 쏘아갔다.

지금 그가 전개하고 있는 경공은 저 유명한 삼절마제의 섬신비이기 때문에 중천방 고수들은 결코 가로막거나 따라잡을 수 없었다.

백기도는 자신의 이 장 전면, 허공 일 장 높이에서 무가내가 쇄도하고 있는 광경을 보며 아연실색했다.

그는 무가내가 갑자기 자신을 공격할 줄은, 그리고 이렇게 빠를 줄은 전혀 예상하지 못했다.

십 장 거리를 반 호흡도 못 돼서 쏘아올 것이라고 어떻게 예상할 수 있겠는가.

그렇지만 백기도가 더욱 기절초풍하게 될 일은 다음 순간에 일어났다.

쇄도하고 있는 무가내의 오른손에서 금광과 혈광이 번쩍! 하는 것 같더니 한줄기 눈부신 무색의 빛이 무시무시하게 뿜어져 왔다.

"……."

백기도는 자세조차 취하지 못한 엉거주춤한 상태라서 반
격은 꿈도 꾸지 못하고 피하지도 못한 채 자신을 향해 쏘아오
는 빛을 쳐다볼 뿐이다.

아니, 빛은 발출되자마자 어느새 백기도의 코앞까지 쇄도
하고 있었다.

꽝!

빛에 적중된 백기도의 몸은 굉렬한 폭음과 함께 산산조각
나서 흩어졌다.

고금을 막론하고 언제나 과욕은 비참한 종말을 가져온다.
반면에 자신의 실력과 입장을 제대로 파악하고 있는 사람은
화를 당하지 않는 법이다.

백기도는 자신과 중천방이 기필코 혈풍신옥을 죽이겠다는
과욕을 부렸으며, 무가내가 살려준다고 말했을 때 고분고분
말을 들었으면 자신은 물론 천구백여 중천방 고수들을 이곳
강변에서 떼죽음을 시키지 않아도 됐을 것이다.

그 즉시 무가내는 허공중에서 방향을 꺾어 왔던 곳으로 되
돌아와 적멸가인과 혈오 앞에 사뿐히 내려섰다.

"천마신위강 쾌비곤……."

혈오는 방금 무가내가 전개한 무공이 무엇인지 알아보고
는 놀랍고도 감탄하는 표정으로 중얼거렸다.

그녀는 더 이상 무표정한 혈오가 아니다. 무가내를 만난 직후부터 벌써 여러 차례 놀라고 있었다.

과거 이십여 년 전에 그녀의 주인 대마종이 전개하던 천마신위강을 이 자리에서 다시 목격을 했으니 감개무량하고 놀라지 않을 재간이 없었다.

무가내가 백기도를 죽이고 돌아온 시간은 기껏해야 한 호흡 반밖에 걸리지 않았다.

그사이에 적들은 적멸가인과 혈오를 공격할 시간적인 여유가 없었다.

아니, 여유가 있었더라도 무가내가 백기도를 단 일격에 산산조각 내는 놀라운 광경에 넋이 빠져서 공격할 생각조차 못했을 것이다.

졸지에 우두머리를 잃은 중천방 고수들은 적잖이 당황하여 웅성거렸다.

그때 무가내가 조용한 어조로 입을 열었다.

"너희들, 지금 물러가면 살려주겠다."

그는 조용하게 말했지만 중천방 고수들의 귀에는 범종을 울리는 것처럼 크게 들려 기혈이 들끓었다.

그들은 서로의 얼굴을 쳐다보면서 어쩔 줄을 몰라 했다.

"헛소리 집어치워라! 우린 무림의 해악인 혈풍신옥을 죽이러 왔다! 당장 목을 내밀어라!"

그때 고수들 중에 누군가 우렁차게 외쳤다.

그는 다른 고수들하고는 다른 복장이었다. 중천방에는 방주 아래에 한 명의 총당주와 열 명의 당주가 있으며, 방금 외친 자가 총당주였다.

총당주가 또다시 쩌렁하게 외쳤다.

"각 당주는 수하들을 지휘하여 전체 인원으로 대창류진을 전개하라!"

그러자 열 명의 당주가 고함을 치면서 수하들을 인솔하여 일사불란하게 위치를 잡기 시작했다.

대창류진의 무서움을 알고 있는 적멸가인과 혈오는 급히 무가내에게 말했다.

"풍 랑! 어서 진 밖으로 피해야 돼요!"

"소주! 물러나야 합니다!"

그러나 무가내는 팔짱을 끼고 우뚝 선 채 중천방 고수들의 행동을 물끄러미 바라보기만 했다.

평소에 꾸준히 대창류진을 연습한 중천방 고수들은 불과 다섯 호흡 만에 하나의 거대한 대창류진을 형성했다.

제일선은 백 명이고, 이선은 삼백 명, 삼선 육백 명, 사선 구백 명으로 이루어졌다.

원래 대창류진은 삼선까지밖에 없으나 인원이 많아서 사선까지 만들었다.

삼 장 밖에 있던 제일선 백 명이 장창을 앞세우고 빠르게 포위망을 좁혀왔다.

그런데 그때 갑자기 대창륜진이 변화를 일으켰다.

포위망이 좁혀짐에 따라서 공간이 좁아지자 제일선 백 명 중에 오십 명이 뒤로 빠졌고, 포위망이 최소 반경으로 좁혀질 때 다시 이십 명이 뒤로 빠졌다.

제일선만 그런 것이 아니라 이선에 있던 자들도 속속 삼선으로 빠졌고, 삼선은 사선으로 빠졌다. 실로 탄력적인 진법이었다.

"둘 다 숨을 멈춰라."

그때 적멸가인과 혈오는 무가내의 조용한 전음을 듣고는 이유도 모른 채 즉시 호흡을 중지했다.

슥—

무가내는 정면을 향해 오른팔을 쭉 뻗으면서 손바닥을 활짝 펼쳤다.

이어서 선 자리에서 한 바퀴 회전을 하면서 도합 열 번의 장풍을 발출했다.

슈슈슈슉!

조금도 힘을 들이지 않고 발출하는 듯한 장풍이지만 그 위력은 대단했다.

퍼퍼퍼퍼퍽!

열 방향, 열 명의 적이 한결같이 장풍에 적중된 가슴과 복부가 산산이 터지며 뒤로 붕 날아가면서 피와 내장을 사방에 흩뿌렸다.

그러나 그들 열 명은 땅에 떨어지기도 전에 허공중에서 몸이 한 줌의 재가 되어 흩어져 버렸다.

죽은 열 명의 피와 내장이 사방에 뿌려져서 몸에 직접 닿은 자들은 그 즉시 쓰러졌고, 그렇지 않은 자들은 놀란 표정을 짓다가 갑자기 비명을 지르면서 자신의 목을 움켜잡고 비틀거렸다.

무가내가 열 번의 장풍에 자신의 체내에 있던 수십 종류의 극독들을 주입하여 발출했기 때문이다.

"크아악!"

"으아아!"

갑자기 난리가 벌어졌다. 중천방 고수들은 여기저기에서 처절하게 비명을 지르다가 한꺼번에 수십 명씩 우르르 쓰러져서 그대로 죽어갔다.

"독이다! 숨을 쉬지 마라!"

멀찍이 떨어져 있던 총당주가 돌연 피를 토하듯이 고래고래 악을 썼다.

그러나 이미 때는 늦었다. 불과 다섯 호흡 만에 무가내를 중심으로 반경 십 장 안에 있던 자들이 떼죽음을 당했다.

그리고 더 많은 자들이 중독되어 쓰러져서 꿈틀거리며 죽음을 향해 기어갔다.

그 수는 무려 천이백여 명이나 됐으며, 그리 오래지 않아서 모두 한 줌의 혈수로 화해 죽었다.

“독……”

적멸가인과 혈오는 아연실색 놀라는 표정으로 주위를 둘러보았다.

반경 십여 장 이내에 서 있는 사람은 그녀들과 무가내, 셋뿐이었다.

적멸가인은 원래 독이나 사술 같은 것을 극도로 증오했었지만 지금은 약간 놀랐을 뿐, 잠시가 지나자 그마저도 아무렇지 않게 되었다.

무가내라면 그보다 더한 것을 사용한다고 해도 모두 이해할 수 있을 것 같았다.

'과연 소주께선 만독불침을 이루셨구나……!'

혈오는 무가내의 독술이 과거 독신지경에 이르렀던 만독신군보다 뛰어나다는 사실을 깨닫고 그가 만독불침을 이루었다고 판단했다.

살아남은 중천방 고수들은 공포에 질린 표정으로 무가내에게서 최대한 멀리 떨어져 있었다. 그들은 싸우려는 생각은 아예 하지도 않았다.

“정아, 혈오를 보호하고 있어라.”

슈욱!

그때 무가내가 조용히 말하고 나서 총당주가 있는 방향으로 쏜살같이 쏘아갔다.

졸지에 방주와 천이백여 명의 동료를 잃은 중천방 고수들은 싸울 생각이 없어졌지만 무가내는 그렇지 않았다.

그는 무엇이든 일단 시작하면 끝장을 봐야 직성이 풀리는 성격이다.

무가내가 쏘아가고 있는 방향의 중천방 고수들은 사색이 되어 주춤주춤 뒤로 물러났다.

슥─

무가내는 쏘아가면서 어깨에 메고 있던 석검을 뽑았다.

"막아라! 놈을 죽여라!"

총당주는 무가내가 자신을 죽이러 오는 것이라고 판단하여 주춤주춤 뒤로 물러서며 악을 썼다.

"놈은 혼자다! 충분히 죽일 수 있다! 무엇들 하느냐, 이놈들아! 어서 죽여라!"

우왕좌왕하고 있던 중천방 고수들에게 총당주의 외침은 자극을 주었다.

원래 오합지졸이고 수가 많을수록 귀가 얇으며 부화뇌동(附和雷同)을 하게 마련인데 이들이 그랬다.

그들은 자신들이 살길은 무가내를 죽이는 것뿐이라고 생각했다.

차차창!

일제히 무기를 뽑아 든 그들은 쏘아오고 있는 무가내를 향해 벌 떼처럼 덮쳐들었다.

파파파아아─

무가내는 적진 한복판을 관통하기 시작했다. 그가 일직선으로 지나친 양쪽에서 적들이 무더기로 쓰러졌다.

그의 석검은 적들의 무기와 한차례도 부딪치지 않으면서 적들의 미간과 목, 심장만을 골라서 찌르고 베었다.

그때 총당주가 몸을 돌려 줄행랑을 치고 있는 광경이 무가내의 시야에 잡혔다.

무가내는 오른손의 석검으로 적들을 도륙하면서 왼손을 들어 가볍게 중지 손가락을 튕겨냈다.

쐐애액!

순간 핏빛의 빛줄기 하나가 번갯불처럼 뿜어졌다.

"마영신지!"

삼절마제의 마영신지를 이십여 년 만에 다시 본 혈오가 나직한 탄성을 터뜨렸다.

퍽!

마영신지는 도망치는 총당주의 뒤통수에 정확하게 적중되어 콧등으로 빠져나왔다.

중천방 고수들은 총당주가 커다란 바위 위를 날아 넘다가 머리에서 피를 뿜으며 맥없이 추락하는 것을 발견하고 안색이 크게 변했다.

방주와 총당주를 연달아 잃고 동료 천이백여 명이 떼죽음을 당한 중천방 고수들은 사기가 크게 꺾였다.

총당주를 죽인 무가내는 중천방 고수들이 반응을 보이기

도 전에 양 떼 속으로 뛰어드는 늑대처럼 중천방 고수들 한복
판으로 쏘아들었다.

그야말로 파죽지세다.

중천방 고수들은 살기 위해서 악착같이 무기를 휘두르며
공격을 퍼부었지만, 무가내에겐 그저 바람에 이리저리 흔들
리는 풀잎이나 나무처럼 보였다.

내공이 오기조원을 넘어서 육식귀원의 경지에 진입한 무
가내는 웬만해서는 내공이 허비되지 않는다.

더구나 지금 그는 전력을 다하지도 않는다. 고작 사성 정도
의 내공으로 적들을 도륙하고 있는 것이다.

무가내는 차분한데 오히려 공포와 두려움에 질린 중천방
고수들이 이성을 잃은 듯했다.

원래 인간의 정신력이란 허약하기 짝이 없다. 더구나 대부
분의 무인들은 육체만 강건하게 만들려고 노력할 뿐이지 정
신력은 그다지 신경을 쓰지 않는다.

그러다 보니까 육체와 정신력이 균형을 이루지 못하게 되
고, 지금과 같은 상황이 야기되는 것이다.

중천방 고수들은 도망칠 생각조차 하지 않았다. 도망치면
살 수 있을 텐데도 눈이 시뻘게지고 입에서 이상한 괴성을 지
르며 불을 향해 달려드는 부나비처럼 끝없이 무가내에게 덤
벼들었고, 덤벼드는 족족 죽어갔다.

아비규환의 지옥도가 바로 이곳이었다.

여기저기에서 뿜어지는 피가 허공을 수놓고, 바닥에는 시체들이 즐비하게 쌓여갔다.

무가내는 오른손의 석검을 휘두르는 한편, 왼손으로는 혈옥섬강이나 마영신지를 번갈아서 전개하기 시작했다.

사람을 죽이는 일이 지겨워진 것이다. 그래서 이 지겨움에서 빨리 벗어나려고 양손으로 초식을 전개했다.

그랬더니 과연 적들의 수가 눈에 띄게 팍팍 줄어갔다.

그 광경을 지켜보고 있는 적멸가인과 혈오의 심정은 각각 달랐다.

혈오는 시간이 흐르면서 적들의 시체가 점점 더 많아질수록 얼굴에 감탄과 기쁨의 표정이 은은하게 떠올랐다.

그러나 적멸가인의 얼굴은 처음의 기쁜 기색이 사라지더니 놀라움이 떠오르고, 잠시 후에는 한 겹의 살얼음이 깔린 듯 여린 공포가 뒤덮였다.

무가내를 사랑하는 마음은 바다처럼 깊지만, 지금 자신의 눈으로 생생하게 보고 있는 이 광경은 너무도 잔인해서 사랑하는 마음으로도 상쇄되지가 않을 듯했다.

얼마 전까지만 해도 골수 정파인이었던 그녀가 단 며칠 사이에 무가내의 아내가 되고, 또 그를 사랑한다는 이유만으로 마도를, 그리고 마도의 이름으로 자행되는 많은 일들을 온전히 이해할 수는 없는 일이었다.

사랑이란 것은 감정이다. 그러나 정의니 마도니 하는 것들은 이성이다. 그러므로 감정이 이성을 이해하지 못하는 것은 당연한 일이다.

지금 적멸가인이 보고 있는 광경은 지금까지 살아오면서 한 번도 보지 못했던 참혹함의 극치다.

그런데 그것을 만들어내고 있는 사람이 다름 아닌 그녀가 진실로 사랑하고 있는 남자다.

그런 감정과 이성의 불일치가 적멸가인을 극도의 혼란 속으로 빠뜨리고 있었다.

"아……."

그때 혈오가 나직한 탄성을 터뜨리는 바람에 적멸가인은 가볍게 놀라며 상념에서 깨어났다.

무가내가 갑자기 모든 동작을 멈추더니 그 자리에 우뚝 멈춰 섰고, 중천방 고수들이 그를 향해 집중적으로 공격을 퍼붓고 있는 광경을 발견했기 때문이다.

무가내는 무슨 깊은 생각에 잠긴 듯한 모습이었다.

"풍 랑! 위험해용!"

"소주! 피하십시오!"

적멸가인과 혈오가 동시에 날카롭게 외쳤다.

퍼퍼펑!

"으악!"

"크억!"

그러나 다음 순간 무가내를 공격하던 중천방 고수들이 폭음과 함께 모조리 튕겨지면서 처절한 비명을 질렀다.

적멸가인과 혈오는 중천방 고수들의 여러 자루 무기가 무가내의 온몸을 난도질할 것이라고 예상했었다.

그런데 무가내는 머리카락 한 올 다치지 않고 오히려 중천방 고수들이 반탄력에 의해 모조리 팔이 잘려지고 내장이 터지며 즉사한 것이다.

적멸가인은 무가내가 호신강기를 사용했을 것이라고 생각하면서 놀란 가슴을 쓸어내렸다.

하지만 혈오의 생각은 달랐다. 그녀는 무가내가 생각에 잠긴 모습과 여러 자루 무기가 직접 무가내의 몸에 닿는 것을 목격했다.

"소주께선 금강불괴다……."

그녀는 자신도 모르게 나직이 중얼거렸고, 그 말을 듣고 적멸가인이 적잖이 놀라는 표정을 지었다.

그리고 그때 혈오의 말을 증명이라도 하듯 다시 한차례 여러 자루의 무기가 무가내의 온몸으로 쇄도했다.

따따땅! 퍼퍼펑!

"흐아악!"

"끄악!"

역시 결과는 첫 번째와 같았다.

공격했던 중천방 고수들이 팔이 잘려지고 내장이 터져서 피를 쏟으며 사방으로 튕겨졌다.

“맙소사, 금강불괴라니…….”

적멸가인은 너무 놀라서 말을 잇지 못했다.

“금강불괴와 만독불침…….”

그때 혈오가 나직이 중얼거렸다. 그녀는 문득 소수의 사람들만이 알고 있는 어떤 단어가 떠올랐다.

“금만등… 소주께선 과연 금만등을 이루셨구나……!”

혈오는 아까 무가내를 처음 봤을 때 제일 먼저 그가 금만등을 이루었는지가 궁금했었지만 대놓고 물어볼 수는 없어서 답답해하고 있던 중이었다.

눈으로 직접 본 것은 만독불침과 금강불괴 두 가지지만, 나머지 하나 등봉조극은 확인하지 않아도 이루었을 것 같았다. 그의 무위를 보면 짐작할 수 있는 일이다.

혈오는 가슴이 터질 것처럼 벅차올랐다.

십칠 년 전에 그녀는 대마종의 명령으로 대천신등을 감시하기 위해서 혼자 서장으로 떠났기 때문에 사대종사가 대마종의 유일한 혈육인 어린 독고풍을 데리고 오악도로 떠나는 광경을 직접 보지 못하고 그 과정에 대해서 서찰로만 전해 들었었다.

그런데 이제 십칠 년 만에 대마종의 일점혈육을 직접 보고, 또 그가 금만등을 이루었다는 사실을 알게 되자 남다른 감회에 젖어들었다.

그러나 그녀는 곧 퍼뜩 정신을 차렸다.

휘익!

그녀는 무가내에게 쏘아가며 적멸가인에게 외쳤다.

"삼주모(三主母), 소주를 도와 놈들을 죽입시다."

'삼주모?'

적멸가인은 혈오의 난데없는 호칭에 깜짝 놀랐다가 발그레 뺨을 붉혔다.

그녀는 퍼뜩 정신을 차리고 신형을 날려 무가내 옆에 내려서며 중천방 고수들을 공격해 갔다.

"장으로 돌아가자."

그런데 무가내는 한마디 툭 내뱉더니 석검을 어깨에 꽂고 양팔로 두 여자의 허리를 안자마자 허공으로 신형을 뽑아 올렸다.

악에 받쳐서 눈에 뵈는 것이 없는 중천방 고수들 수십 명이 고함을 지르면서 분분히 추격을 했으나 이삼백 장도 따라가지 못하고 속속 포기했다.

중천방 고수들은 겨우 삼백여 명 남짓만이 목숨을 부지했다. 중천방 전체 이천여 고수가 왔다가 천칠백여 명이나 죽은 것이다.

이로써 중천방은 멸문한 것이나 다름이 없게 되었다. 호북의 패자 중천방은 당하 상류에 거대한 무덤을 남기고 무림에서 사라져 버린 것이다.

무가내는 전력으로 섬신비를 전개하여 강 상류로 쏘아갔다.

그 속도가 적멸가인이 전력으로 전개하는 것보다 절반 이상, 혈오보다는 두 배 가까이 빨랐기 때문에 그의 품에 안겨 있는 두 여자는 놀라움과 감탄을 금치 못했다.

"풍 랑, 갑자기 왜 그래요?"

적멸가인이 한 손을 무가내의 가슴에 대면서 조심스럽게 물었다.

"뭔가 기분이 이상해."

"무슨 기분이……."

"장원 쪽에서 아무 소리도 나지 않는 것이 이상해. 지금쯤 삼마영이 그 도사 놈들하고 싸우고 있어야 하는데……."

"도사 놈이라뇨?"

적멸가인은 도사 뒤에 '놈' 자를 붙이면서도 그런 사실을 모르고 있었다.

무가내는 얼마 전에 난연장에 잠입했다가 쫓겨간 광양자 등에 대해서 간략하게 설명했다.

설명을 듣고 난 적멸가인은 깜짝 놀랐다.

"그들은 무당파 장문인 광양자와 두 명의 장로인 무량자, 창해자예요."

"무당파?"

적멸가인은 무당파가 있는 무당산이 이곳에서 가깝다는 것과 무가내가 예전에 무현 진인 등을 죽였기 때문에 그의 제자인 광양자들과 무당파가 복수에 혈안이 되어 있다는 사실을 알려주었다.

무가내는 계속 달리면서 혈오에게 물었다.

"혈오, 삼마영이 광양자와 삼백여 명의 도사 놈들을 상대하면 어떻겠느냐?"

혈오는 잠시 생각하는 듯하다가 공손히 대답했다.

"삼백 명의 무당검수라면 삼마영이 반나절 안에 죽임을 당할 것입니다."

그 말에 적멸가인은 적잖이 놀랐다. 그녀는 삼마영이 난연장에 있던 세 명의 흑삼인이라고 알고 있는데, 그들이 그토록 고강할 줄은 예상하지 못했었다.

무당검수는 소림무승(少林武僧)과 더불어 무림에서 최강으로 통한다.

무당파는 무당검수가 구백여 명, 소림사는 무승이 천이백여 명뿐이지만, 자타가 인정하는 무림의 태산북두(泰山北斗)다.

그런데 삼마영이 무당검수 삼백 명을 상대로 무려 반나절이나 버틸 수 있다는 것이다.

놀란 사람은 적멸가인만이 아니다. 무가내도 가볍게 놀라는 표정을 지었다.

"무당파가 그렇게 강하냐?"

"그렇습니다."

무가내가 이번에는 적멸가인에게 물었다.

“정아, 무당파는 모두 몇 명이나 되느냐?”

“구백여 명이에요.”

대답을 하는 적멸가인이나 듣고 있는 혈오는 문득 불길함이 스쳤다.

무가내를 철천지원수로 여기는 광양자가 무당파에 육백 명을 놔두고 겨우 삼백 명만 이끌고 왔을 리 없을 것이라는 생각이 퍼뜩 떠오른 것이다.

일단 떠오른 그 생각은 현실일 가능성이 매우 높았다.

그리고 중천방과 무당파가 협공을 하거나 양동작전을 펼쳤을 가능성도 높았다.

“소주, 대부인은 누가 호위하고 있습니까?”

초조해진 혈오가 급히 물었다.

“요마낭이다.”

요마낭이 누군지 적멸가인이 혈오에게 설명해 주었다.

“그녀는 풍 랑의 둘째 부인이에요. 무공 수위는 저보다 두어 수 약할 거예요.”

그렇게 말하는 도중에 그녀는 만약 무당파 구백여 무당검수의 공격이 개시되면 삼마영이 상대하지 못할 것이며, 요마낭 혼자 단예소와 은예상을 보호하지 못할 것이라는 판단을 내렸다.

“풍 랑! 먼저 가세요!”

“소주! 저희는 뒤따라가겠어요!”

적멸가인과 혈오는 같은 순간에 같은 생각을 하고 동시에
무가내의 품에서 벗어나며 외쳤다.
　슈우—
　그녀들이 생각한 것을 무가내라고 생각하지 못했을 리가
없다. 그는 뒤도 돌아보지 않고 강 상류로 쏘아가서 순식간에
두 여자의 시야에서 사라졌다.

第七十五章
요마낭의 죽음

대마총
大麚宗

무가내의 몸이 돌덩이처럼 그 자리에 굳어버렸다.

어느 전각 안. 우뚝 서 있는 그의 앞에는 서가 하나가 박살이 난 채 바닥에 나뒹굴어 있고, 서가가 있던 자리의 석벽에 커다란 구멍이 뚫려 있었다.

그곳은 지하 밀실로 내려가는 입구이며 기관 장치를 작동해야 입구를 막은 석문이 열리게 되어 있다.

그러나 침입자는 기관 장치를 찾는 대신 입구를 부수고 침입하는 방법을 택한 것이다.

휘익!

지하로 뻗은 계단 위를 바람처럼 쏘아 내려가는 무가내의 얼굴은 차디차게 굳었다.

그 짧은 순간에 수많은 생각들이, 아니, 상상들이 뇌리를 스치고 지나갔다.

어머니와 은예상, 요마낭이 피투성이가 되어 죽어 있는 광경이거나, 그녀들이 모두 납치되어 지하 밀실이 텅 비어 있는 광경, 그리고 그녀들과 함께했던 행복한 순간의 여러 장면들이었다.

어떻게 그토록 짧은 순간에 그렇게 많은 상상들이 뇌가 터지지도 않고 서로 복잡하게 엉키지도 않으면서 한꺼번에, 그러나 차례차례 일목요연하게 떠올랐다가 사라지는지 신기하기 짝이 없었다.

또한 그는 광양자 등과 싸우고 나서 그들이 누구인지, 무슨 목적인지 제대로 알아보지 않고, 또 어머니와 은예상을 요마낭 한 사람에게만 맡겨두고 온 것을 가슴이 찢어질 만큼 후회했다.

그러니 후회란 아무리 빨라도 늦는 것.

그는 지하 밀실로 달려 내려가면서 부디 그녀들에게 아무 일이 없기를 간절하게 빌었고, 만약 그녀들이 무사하면 이후에는 그녀들의 안전을 위해서 최선을 다하겠다고 맹세에 맹세를 거듭했다.

지하 밀실을 중간쯤 쏘아 내려갔을 때 아래쪽에서 확 하고 피비린내가 풍겨왔다.

불길함이 현실로 드러나는 것 같아서 무가내는 거의 제정신이 아니었다.

지하 밀실 입구에서 바닥까지 내려오는 시간이 몇 년은 걸리는 것처럼 길게 느껴졌다.

척!

마침내 그는 지하 밀실에 내려서는 것과 동시에 다급히 실내를 둘러보았다.

가장 먼저 시야에 들어온 것은 바닥 여기저기에 어지럽게 쓰러져 있는 오십여 구의 시체였다.

시체들은 하나같이 홍의를 입고 있었으며, 손에는 무기를 움켜쥐고 있었고, 목이 잘리거나 심장이 찔리고 복부가 갈라진 모습으로 죽었다.

그러나 무가내는 시체에 신경을 쓸 겨를이 없었다. 그는 세 여자를 찾으려고 초조한 얼굴로 급히 두리번거렸다.

하지만 지하 밀실에는 오십여 구의 홍의인들 시체뿐, 세 여자의 모습은 보이지 않았다.

초조함이 극에 달한 그는 즉시 공력을 끌어올려 청력을 극대화시켰다.

순간 그는 얼마 전 부친의 유체가 앉아 있던 제단 너머의 석벽 안에서 두 사람의 숨소리가 들려오는 것을 뚜렷하게 감지했다.

호흡성으로 미루어 두 사람은 여자가 분명했다.

무가내는 그곳으로 쏜살같이 날아가며 호흡성이 두 개뿐이라는 사실 때문에 몹시 불안해졌다.

"어머니, 상아, 낭아."

그는 석벽 안쪽에 여자들이 숨어 있다고 짐작했으나 석벽을 부술 경우 그녀들이 다칠지도 모른다는 생각에 그 앞에서 다급하게 불렀다.

스르릉.

그러자 석벽의 한쪽이 열리더니 안쪽의 상황이 일목요연하게 드러났다.

그곳은 폭 반 장가량의 좁은 공간인데, 은예상과 단예소가 무릎을 꿇고 마주 앉아 있는 모습이 보였다.

그곳은 비상시를 대비하여 만들어놓은 공간으로, 팔마영이 요마낭에게 가르쳐 준 것인데 무가내는 미처 모르고 있었다.

그녀들이 무사한 것을 보자 무가내는 가슴을 짓누르고 있던 커다란 바위를 내려놓은 듯한 기분이 들었다.

"풍 랑!"

"풍아!"

얼굴이 온통 눈물범벅인 은예상과 단예소가 동시에 기쁨의 외침을 터뜨렸다.

하지만 그녀들은 그곳에서 나올 생각을 하지 않고 착잡한 표정으로 바닥을 내려다보고 있을 뿐이었다.

　무가내의 시선이 화살처럼 바닥으로 향하다가 안색이 홱 돌변했다.

　바닥에는 자그마한 체구의 요마낭이 누워 있었다.

　그녀는 눈을 꼭 감았는데 얼굴에는 한 점의 핏기도 남아 있지 않았으며 온몸이 피투성이였다.

　은예상과 단예소가 눈물을 흘리고 있었던 것은 무가내를 만나 반가워서가 아니라 요마낭 때문이었던 것이다.

　"낭아!"

　무가내는 급히 요마낭을 조심스럽게 밖으로 끌어냈다.

　이어서 그녀의 상태를 살펴보려고 하는데 심장이 벌렁거리고 온몸의 피가 머리로 다 몰린 것 같아서 도무지 집중이 되지 않았다.

　은예상과 단예소는 숨어 있던 좁은 공간에서 나왔지만 무가내에게 방해가 될까 봐 아무 말도 하지 않고 그저 눈물만 흘리면서 요마낭 곁에 무릎을 꿇고 있었다.

　무가내는 요마낭에게 손을 뻗었다. 그는 느끼지 못했지만 손이 가늘게 떨렸다.

　요마낭은 숨을 쉬지 않았다. 숨을 쉬었다면 조금 전에 무가내가 이미 감지했을 것이다.

　그것은 그녀가 이미 죽었다는 뜻이었다.

　무가내의 손이 요마낭의 손목 맥을 잡았다. 그러면서 눈은 그녀의 상처를 훑었다.

우선 몸 앞면에만 어깨와 복부, 옆구리에 상처를 입었다. 그중에서도 복부가 제일 심했다.

비스듬히, 그리고 깊이 베어진 상처에서는 내장이 흘러나와 끔찍한 몰골이었다.

내장은 여러 군데가 베어진 상태였다. 그러나 사인은 출혈 과다인 것 같았다. 좁은 공간 안 바닥에는 철벅철벅하게 피가 고여 있었다.

은예상과 단예소는 상처를 지혈하는 방법을 모르기 때문에 그저 안타깝게 발만 동동 굴렀을 것이다.

당연한 일이지만 요마낭의 맥은 잡히지 않았다. 심장박동도 멈춘 상태였다.

그때 적멸가인과 혈오가 약간의 시간 차이를 두고 연이어 지하 밀실로 쏘아 들어왔다.

"둘째 언니!"

다가들던 적멸가인이 요마낭을 발견하고 찢어지는 듯한 비명을 질렀다.

무가내는 요마낭에게서 손을 떼고 그 옆에 주저앉아 망연자실한 얼굴로 그녀를 굽어보았다.

"아……."

그때 요마낭 옆에 무릎을 꿇고 있던 은예상이 나직한 신음을 흘리며 옆으로 쓰러졌다. 극심한 충격을 이기지 못하고 혼절을 한 것이다.

“아가!”

“큰언니!”

단예소와 적멸가인이 동시에 외치면서 은예상을 부축했다.

그러나 은예상은 늪의 깊은 바닥에 가라앉은 것처럼 혼절한 상태에서 해쓱한 안색으로 단예소의 품에 안겨 있었다.

우뚝 선 혈오는 착잡한 얼굴로 요마낭을 굽어보다가 자신이 도울 수 있는 일이 없다는 것을 깨닫고 죽은 오십여 구의 홍의인 시체 쪽으로 걸어가서 살펴보기 시작했다.

적멸가인과 단예소가 바라보자 무가내는 정신이 반쯤 나간 사람 같았다.

아니, 사실 그녀들이 보고 있는 것보다 무가내는 정신이 더 나간 상태였다.

요마낭은 무가내의 측근 중에서도 측근이다. 아니, 그보다는 가족이라고 해야 옳았다.

어린 막내 누이동생처럼 귀여운 그녀를 보고 있기만 해도 무가내는 저절로 웃음이 났었다.

태어나서 이날까지 지독한 외로움에 굶주렸던 그는 누구보다도 가족애가 깊었다.

수없이 살을 부대끼고 함께 살갑게 생활했던 가족의 죽음을 직접 보는 것은 처음이다.

그래서 그 충격 또한 주체할 수 없을 정도로 컸다.

“풍아.”

단예소가 울음기 섞인 음성으로 조용히 불렀으나 무가내는 듣지 못했다.

아니, 들었겠지만 뇌가 인식을 하지 못했다.

그때 무가내가 입속으로 웅얼거렸다. 하지만 아무도 그 소리가 무언지 알아듣지 못했다.

“살려야 돼…….”

그가 다시 한 번 웅얼거렸고, 이번에는 조금 더 또렷한 소리여서 알아들을 수 있었다.

그래서 두 여자는 무가내가 요마낭의 죽음을 받아들이지 못한다고 생각했다.

당연한 일이다. 두 여자 역시 요마낭이 죽었다는 사실을 믿지 못하고 있었다. 또한 은예상도 그렇기 때문에 혼절을 한 것이 아니겠는가.

“원진력… 그래, 원진력이야…….”

갑자기 무가내가 정신 나간 사람처럼 중얼거리면서 불쑥 손을 뻗었다.

순간 단예소와 적멸가인은 깜짝 놀랐다.

무가내가 손을 요마낭의 갈라진 복부의 상처 속으로 쑥 집어넣었기 때문이다.

두 여자는 눈을 크게 뜨고 정신을 차리려고 애쓰면서 요마낭의 복부를 뚫어지게 주시했다.

무가내의 손이 그 속에서 무엇을 하는지 알 수 없지만, 요마낭의 아랫배가 꿈틀꿈틀 물결처럼 작게 요동을 쳤다.

무가내는 조금 더 손을 아래쪽으로 조심스럽게 깊숙이 찔러 넣은 채 눈도 깜빡이지 않고 숨도 쉬지 않으며 정신을 집중했다.

그의 손바닥은 요마낭의 뱃속 단전을 덮은 상태에서 무엇인가를 감지해 내려고 애쓰는 기색이 역력했다.

그의 얼굴에 간절한 기색이 파도처럼 넘실거렸다.

그 모습을 보고 있는 단예소와 적멸가인의 표정은 안타까움으로 물들었다.

'있다! 원진력(元眞力)이 남아 있다!'

순간 무가내 얼굴에 한줄기 기쁜 기색이 떠올랐다.

그의 얼굴을 보고 있던 두 여자는 이유도 모르고 덩달아서 기쁜 표정을 지었다.

무척 미약하긴 하지만 분명히 요마낭의 단전에서 원진력이 느껴진 것이다.

원진력이란 내공과는 판이하게 다르다.

그것은 인간이 생명을 유지하는 데 있어서 가장 기초가 되는 기운이다.

사람이 살아 있는 동안에는 체내에 원진력이라는 것이 존재한다.

즉, 인간은 태어나는 순간부터 원진력이 생성되기 시작하여 죽는 순간 원진력이 사라져 간다.

그러므로 인간이 죽었다는 것은 체내에서 원진력이 소멸되었음을 뜻하는 것이다.

더 정확하게 구분하자면, 인간은 두 번 죽는다.

첫 번째 죽음은 심장의 박동과 맥박이 정지하는 것이다.

그리고 두 번째 죽음은 체내에서 원진력이 완전히 소멸되는 것을 의미한다.

하지만 세상에서는 통상적으로 첫 번째 죽음을 '죽음'이라고 정의한다.

왜냐하면 원진력이 남아 있는 것을 확인하기도 어려울뿐더러, 설사 확인한다고 해도 그것만으로 다시 소생시키는 것은 마치 달을 따는 것처럼 불가능한 일이기 때문이다.

'살리겠다!'

그러나 무가내는 다부지게 어금니를 악물고 내심 소리쳤다.

여태껏 그의 삶 자체가 온통 상식을 거스르고 순리를 역행하는 것투성이었다.

또한 그는 여러 불가능한 일들을 가능하게 만들었다.

어쩌면 그의 앞에 놓인 '천하 제패'라는 이름의 과제조차도 애초부터 불가능한 것이었는지도 모른다.

그러므로 지금 그가 요마낭을 살리려고 하는 것은 수많은 불가능 중에 하나일 뿐이다.

그는 손에서 부드러운 진기를 흘려내어 요마낭 단전의 원진력 주변에 작은 원형의 부드러운 보호막을 설치했다.

죽어가는 사람의 경우, 내공이 남아 있는 상태에서는 진기를 주입하여 소생시킬 수 있지만 원진력은 그럴 수가 없다.

원진력은 타인이 생성시킬 수 없다. 오직 그것을 지니고 있는 당사자만이 다룰 수 있다.

아니, 당사자라고 해도 직접 원진력을 이끌거나 키우는 등의 일은 할 수가 없다.

그저 최상의 조건에서 잘 먹고 잘 자며 편안한 생활을 누리다 보면 오랜 시간이 지나서 차츰 원진력이 원상회복되는 것이다.

타인이 해줄 수 있는 일은 지금 무가내가 하는 것처럼 단지 원진력이 더 이상 소멸하지 않도록 보호막을 쳐주는 정도에 그친다.

그렇지만 지금 무가내가 하고 있는 것은 극도의 고난도 방법이다.

그런 것을 할 수 있는 능력을 지닌 인물은 무림을 통틀어도 열 손가락을 넘지 않을 터이다.

별것 아닌 것처럼 보이지만 첫 번째 죽음 판정을 받은 사람의 몸에서 원진력, 그것도 다 꺼져 가는 원진력을 발견해 낼 수 있는 일은 무가내 같은 초절고수에게도 결코 쉽지 않은 일이다.

하물며 그 꺼져 가는 원진력에 무형의 보호막을 쳐주는 일이 얼마나 어려운지 미루어 짐작할 수 있을 것이다.

그 어려운 일을 해낸 무가내는 기필코 요마낭을 살리겠다고까지 결심했다.

하지만 그가 할 수 있는 일은 여기까지가 전부다. 이제 죽고 사는 것은 순전히 요마낭의 몫이 되었다.

앞으로 무가내가 해줄 수 있는 일은 상처를 치료하고 더 이상 피를 흘리지 않게 하며, 그녀가 스스로 원진력을 만들어낼 수 있도록 최고 최적의 환경을 만들어주는 것뿐이다.

지금 요마낭의 남아 있는 미미한 원진력을 굳이 표현하자면, 흠뻑 젖은 나무 끝에 눈곱만큼 남아 있는 미미한 불씨 정도라고 할 수 있다.

그 불씨가 꺼지지 않고 살아나서 젖은 나무 전체로 퍼지고, 마침내 온몸 전체로 퍼져 나가야 소생할 수 있는 것이다.

그것은 말라비틀어진 고목에서 새싹이 돋아나는 것보다도 어려운 일이 분명하다.

그렇지만 무가내는 요마낭을 살릴 수만 있다면 모든 것을 희생할 각오다.

단전의 원진력에 보호막을 친 무가내는 손을 조금 위쪽으로 옮겨 끊어진 내장을 부드럽게 어루만지기 시작했다.

그의 손에서는 양강지기(陽强之氣)가 뿜어져서 잘려진 내장을 접합하기 시작했다.

그가 얼마나 정성을 쏟으며 조심하고 있는지는 극도로 긴장한 얼굴 표정과 비 오듯 흐르는 땀이 얼굴을 온통 뒤덮은 것을 보면 짐작할 수 있다.

그는 잘려지고 상처 난 내장과 손상된 장기들을 일일이 하나씩 만져 가면서 치료에 전념했다.

내상 치료가 끝난 후 요마낭의 뱃속에서 빼낸 그의 손은 온통 피범벅이었다.

이어서 그는 요마낭의 옷을 모두 벗긴 후 외상을 치료하기 시작했다.

"삼부인."

그때 혈오가 조심스럽게 다가와서 전음으로 조용히 적멸가인을 불렀다.

혈오를 쳐다본 적멸가인은 그녀의 뜻을 즉시 알아차렸다.

무가내가 치료를 하고 있는 동안 주변을 경계하거나 조사하자는 뜻이다.

어차피 혈오나 적멸가인은 이곳에 있어봤자 도움이 되지 못할 것이다.

그녀는 조심스럽게 일어나 혈오와 함께 지하 통로 계단을 쏘아 올라갔다.

"저자들은 대천신등 팔혼낭차(八魂狼叉)입니다."

앞서 쏘아 올라가는 혈오가 깊이 가라앉은 목소리로 입을 열었다.

"팔혼낭차?"

적멸가인은 그녀가 가리키는 팔혼낭차가 지하 밀실 바닥에 죽어 있는 홍의인들일 것이라고 알아들었다.

"대천신등은 최고 우두머리 천신황을 제외한 변황삼세와 새외사벌의 모든 고수들을 열 개의 등급으로 분류했습니다. 그것을 대천십등(大天十等)이라고 하며, 저자들은 그중 팔등(八等)인 팔혼낭차입니다."

"대천신등이……."

적멸가인은 무당검수들이 난연장을 공격하고 또 요마낭을 죽였을 것이라고만 여겼지 대천신등일 것이라는 생각은 추호도 하지 못했었다.

그녀는 문득 의문이 생겼다.

"저자들이 팔혼낭차라는 것을 어떻게 알았나요?"

혈오의 대답은 간단했다.

"대천십등의 목 뒤에는 각자의 등급을 나타내는 표식이 특수한 방법으로 새겨져 있습니다. 저자들의 목 뒤에 새겨진 표식은 '팔혼' 이라는 두 글자입니다."

"어떻게 대천신등이 이곳을 알고 있는 건가요?"

"그것은 모르겠습니다."

지하 밀실을 빠져나온 혈오는 난장판이 된 실내에 내려서며 암울한 표정을 지었다.

“팔혼낭차의 목적은 대부인과 주모, 이주모였던 것 같습니다. 아마도 무당파와 중천방이 이곳을 공격하고 있는 틈을 노렸을 것입니다.”

혈오 옆에 내려선 적멸가인이 놀라는 표정을 지었다.

“대천신둥이 무슨 이유로 어머니와 두 분 언니를 죽이려는 건가요? 아무런 이득이 없잖아요?”

혈오의 얼굴에 한 겹 그늘이 짙게 드리워졌다.

“죽이는 것이 아니라 납치가 목적이었을 겁니다.”

“납치……”

‘납치’라는 말에 적멸가인의 얼굴이 굳어졌다. 그리고 그녀의 머릿속에 여러 가지 복잡한 변수들이 폭죽이 터지듯 마구 떠올랐다.

무가내의 아내들과 어머니를 납치하려는 목적은 당연히 무가내를 협박하여 무적방 전체 세력을 무력화시키려는 의도일 것이다.

적멸가인의 머릿속에서 연이어 두 가지 생각이 떠올랐다.

그렇다면 대천신둥은 무가내와 무적방에 대해서 이미 자세히 파악하고 있다는 뜻이다.

또 한 가지. 무가내와 무적방을 무력화시키려는 이유는, 대천신둥의 중원 재침공이 임박했다는 의미이기도 하다.

적멸가인은 갑자기 끝없는 심연 속으로 몸이 가라앉는 듯한 기분을 느꼈다.

혈오가 거짓말을 하거나 잘못 알고 있을 리 없다. 그녀는 지난 십칠 년 동안 대천신등을 감시하지 않았는가.

이것은 중천방과 무당파가 무가내를 공격하는 것하고는 비교조차 할 수 없는 중차대한 문제인 것이다.

앞문으로 들어오는 늑대를 막으니 뒷문으로 호랑이가 진입한다[前門拒狼後門進虎]는 말은 지금에 딱 들어맞는 상황이었다.

한참 만에야 겨우 적멸가인이 억눌린 듯한 목소리로 혈오에게 물었다.

"지금… 우리는 무엇을 해야 하나요?"

"속하는 이 근처에 대천신등 고수들이 더 있는지 알아볼 테니 삼주모께선 이곳을 지키십시오."

지하 밀실에서 무가내가 요마낭을 치료하고 있으니까 이곳에서 외부의 침입을 막으라는 뜻이다.

혈오는 적멸가인의 대답을 듣기도 전에 신형을 날려 전각을 빠져나갔다.

요마낭을 치료하느라 한 시진이 지났지만 무가내는 쉬지도, 멈추지도 않았다.

그녀의 몸 앞면 외상 치료가 끝났다. 끊어지고 손상된 내장과 장기들은 모두 깨끗하게 접합됐고, 어깨와 복부, 옆구리의 상처는 무가내가 손에 극양지기를 일으켜서 베인 자국을 봉

합시켰다.

그는 조심스럽게 요마낭의 몸을 뒤집었다.

등에는 어깨에서 옆구리까지 비스듬히 한 자 정도 길게 베인 상처가, 엉덩이 바로 아래 허벅지는 삼분의 일 정도가 잘려져 있었다.

등의 긴 상처는 뼈를 절반 가까이 갈랐으며, 허벅지의 상처는 엉덩이 바로 아래 항문 근처까지 깊숙이 이어졌다.

요마낭의 몸은 그야말로 만신창이라고 할 수 있었다. 그녀 같은 절정고수를 이 지경으로 만들었다면 오십여 명의 홍의인은 초일류고수가 분명하다.

무가내는 요마낭의 온몸에 난 수많은 상처들을 보고 그녀가 얼마나 처절하게 은예상과 단예소를 보호하려고 했는지 알 수 있었다.

그녀가 이 지경이 되지 않았으면 은예상과 단예소는 필경 변을 당하거나 납치됐을 것이다.

그래서 무가내는 요마낭에게 한없는 고마움과 연민을 동시에 느꼈다.

그는 요마낭의 몸 뒤쪽 상처에 금창약을 고루 바르고 일일이 손바닥과 손가락으로 문지르면서 극양지기로 봉합하는 데 전력했다.

치료를 위해서 벌려놓은 그녀의 두 다리 깊은 곳에 수줍은 듯이 항문과 음부가 보였다.

상처는 엉덩이 아래쪽을 가로질러 아슬아슬하게 항문에서 두 치쯤 되는 곳에 멈췄다.

무가내는 요마낭의 음부와 항문은 숱하게 만졌지만 직접 눈으로 보는 것은 처음이다.

상처를 다 치료하고 나서 그의 손가락 끝이 요마낭의 항문과 음부에 닿은 채 멈추었다.

깊이와 무게를 알 수 없는 슬픔이 무가내의 핏줄 속까지 스며들었다.

단예소는 무가내가 치료를 하다가 왜 잠깐 멈추고 있는지 알지 못했다.

그리고 그의 손가락 끝이 요마낭의 항문과 음부에 닿아 있다는 사실도 모르고 있었다.

이윽고 그는 요마낭을 똑바로 눕힌 후에 한동안 물끄러미 그녀를 굽어보았다.

"얘야, 둘째는 살아나겠느냐?"

그때 여태 조용히 지켜보고만 있던 단예소가 조심스럽게 물었다. 목소리에는 슬픔과 염려가 짙게 배어 있었다.

"반드시 살려내고 말겠어요."

단예소의 물음에 대한 대답은 아니지만 무가내의 강한 의지가 담긴 대답이었다.

그가 일어서자 혈오가 돌아와서 기다리고 있다가 공손히 허리를 굽혔다.

그녀는 죽은 홍의인들을 가리키면서 조금 전에 적멸가인에게 해주었던 설명을 다시 한 번 반복하고 나서, 난연장 주변을 수색한 결과에 대해서 보고했다.

"대천신등의 또 다른 징후는 발견되지 않았습니다."

무가내는 돌덩이처럼 굳은 얼굴로 홍의인, 즉 팔혼낭차들을 주시하며 조용히 물었다.

"삼마영은?"

"삼마영과 천리전음으로 대화를 나누어보니, 무당검수들 구백여 명에게 포위된 상태에서 은신해 있다고 합니다."

무가내와 적멸가인, 혈오의 짐작이 맞았다. 무당파는 무가내에게 복수하기 위해서 무당파 전 제자 구백여 명을 이끌고 온 것이다.

"은신?"

혈오는 무가내가 무엇을 궁금하게 여기는지 짐작했다.

"무당검수들은 아직 공격을 하지 않고 있습니다. 아마 소주께서 올 때까지 기다리고 있는 것 같습니다."

"삼마영은?"

"소주의 명령을 기다리고 있습니다."

무가내는 잠시 생각하다가 명령했다.

"놈들이 눈치채지 못하도록 삼마영을 불러들여라."

"존명!"

혈오는 공손히 대답하고 쏜살같이 입구로 달려갔다.

지금 같은 상황에서 무당파와 싸우는 것은 부질없는 짓이다.

난연장에 와서 어머니를 만난 즉시 모두 함께 이곳을 떠났어야만 했다.

또한 보란 듯이 배를 몰고 오는 과정에서 왜 정협맹이나 대동협, 그리고 대천신등에 발각될 것이라는 생각을 못했는지 어리석기 짝이 없었다.

조금만 더 조심을 기했더라면 요마낭은 저렇게 비참한 모습으로 죽지 않았을 것이고, 무가내 등은 지금 같은 위기에 처하지도 않았을 터이다.

그는 지금이 위기 상황이라고 생각했다. 중천방이나 무당파처럼 보이는 적은 별로 위협이 되지 못한다.

하지만 대천신등처럼 암중에 숨어서 호시탐탐 무엇인가를 노리고 있는 적은 충분히 위협이 되고도 남는다.

무가내는 대천신등의 팔혼낭차 오십여 명만 이곳에 오지는 않았을 것이라고 생각했다.

지금은 일단 이곳을 벗어나는 것이 급선무다.

무당파와 싸우고 있을 때 대천신등이 들이닥치면 사면초가에 빠지고 만다.

무가내는 무림에 출도한 이후 처음으로 도망이라는 것을 생각하고 있었다.

"정아."

그가 나직이 부르자 지하 통로 입구를 지키고 있던 적멸가인이 잠시 후에 나타났다.

그는 무척이나 조심스럽게 요마낭을 적멸가인에게 건네주고 자신은 은예상과 단예소를 양팔로 안은 후 통로를 쏘아 올라갔다.

이윽고 단예소의 거처에 도착한 그는 적멸가인이 요마낭에게 옷을 입히고 있는 동안 전각을 빠져나가 청력을 극대화시킨 상태에서 난연장 주위를 서너 바퀴 돌면서 샅샅이 살펴보았다.

하지만 대천신등이라고 의심할 만한 고수도, 무당검수의 모습도 보이지 않았다.

다시 전각으로 돌아오니 적멸가인이 깨끗한 홍의로 갈아입힌 요마낭을 안고 입구에 서 있고 그 옆에는 단예소가 서 있었다.

무가내가 즉시 은예상과 단예소를 양팔로 안고 신형을 날리자 적멸가인이 뒤를 따랐다.

무가내는 난연장을 벗어나 강가의 포구로 달려갔다.

혈오와 삼마영이 오기 전에 배를 출발시킬 준비를 하려는 것이다.

그러나 포구에 당도한 그는 가볍게 눈살을 찌푸렸다. 아무리 둘러봐도 자신들이 타고 온 배가 보이지 않았기 때문이다.

그러나 그 배는 곧 저만치 강 복판에서 찾을 수 있었다. 뒷부분이 완전히 가라앉았고, 앞부분과 선실의 일부분만 수면 위로 나와 있는 광경이었다.

즉, 누군가 포구에 정박해 있던 배를 강 복판으로 끌고 가서 침몰시킨 것이다.

아까 난연장으로 돌아올 때에는 너무 조급해서 포구에 배가 정박해 있는지 미처 확인할 겨를이 없었다.

하지만 그전에 적멸가인과 혈오를 구하러 가려고 난연장을 나섰을 때에는 분명히 포구에 배가 정박해 있었다.

그렇다면 그가 중천방 고수들과 싸우고 있을 때 누군가 배를 침몰시켰다는 얘기가 된다.

무가내는 포구에 은예상과 단예소를 내려놓고 번쩍 신형을 날려 배를 향해 일직선으로 날아가 수면 위로 솟은 배 앞머리에 가볍게 내려섰다.

그가 제일 먼저 발견한 것은 물이 찬 선실 안에 둥둥 떠 있는 몇 구의 시체였다.

그들은 하녀와 선원들이었다. 그들 모두 목에 커다란 구멍이 뻥 뚫려 있었다.

무가내는 그것이 검풍(劍風)에 의한 상처라는 것을 단번에 간파했다.

검기는 구멍이 작지만 검풍은 회전을 하기 때문에 적중 부위의 구멍이 크게 뚫린다.

검풍을 사용했다면, 배를 침몰시키고 하녀와 선원들을 죽인 자는 최소한 일류고수를 상중하로 나누었을 때 상에 속하는 자들이다.

그러나 그 이상은 아니다. 검기를 전개할 수 있는데도 검풍을 사용하는 자는 없기 때문이다.

무가내는 가볍게 눈살을 찌푸리며 애매한 표정을 지었다. 상처가 좀 특별하다면 흉수를 유추해 내는 데 도움이 될 텐데, 너무 평범한 상처인 것이다.

그는 배에 있던 하녀와 요리사, 선원 열 명이 모두 살해당했을 것이라고 판단했다. 그 시체들은 아마 다른 방에 있을 것이다.

그리고 또 한 가지, 어쩌면 오십여 명의 팔혼낭차가 배에 있는 사람들을 죽이고 배를 침몰시킨 후에 난연장 지하 밀실에 침입했을지도 모른다는 생각이 들었다.

일류고수 상급에 속하는 자 오십여 명이라면 요마낭으로서도 벅찬 상대였을 것이다.

만약 그렇다면 이곳에는 그들 오십여 명만 온 것일 수도 있다.

하지만 지금으로선 모든 가능성을 생각해야만 한다. 아니, 더 많은 가능성을 생각해야 할 것이다.

포구로 다시 돌아온 무가내는 다시 은예상과 단예소를 안고 근처 숲 속으로 숨어들었다.

단예소는 뺨을 무가내의 어깨에 대고 두 팔을 그의 겨드랑이 아래로 깊숙이 넣어 가슴을 꼭 끌어안은 채 눈을 감고 있었다.

목을 끌어안지 않은 것은 그의 행동에 불편함을 주지 않기 위해서다.

그녀는 듬직한 아들의 품에 안겨 있으니 그 어떤 난관이 닥친다고 해도 안심할 수 있을 듯했다.

아니, 그보다는 더없이 편안했다. 그녀가 무가내를 꼭 끌어안고 있는 것은 아마도 다시는 아들과 헤어지지 않겠다는 의지인 것 같기도 했다.

은예상은 여전히 정신을 차리지 못하고 있었다. 요마낭의 죽음이 그녀에게 굉장한 충격이었던 것이 분명했다.

숲 안쪽 가장자리에 은신해서도 무가내는 쉬지 않고 날카롭게 주위를 둘러보면서 청력을 최대한 높여 기척을 감지하는 일을 게을리하지 않았다.

그때 난연장 입구 쪽에서 혈오와 삼마영이 빠르게 쏘아오는 것이 보였다.

"강을 따라 계속 하류로 향한다."

무가내는 그들 사마영에게 전음을 보내면서 자신도 숲을 나와 강 하류로 달리기 시작했고, 요마낭을 업은 적멸가인은 그의 뒤를 바짝 따랐다.

"소주, 대부인은 속하가 모시겠습니다."

혈오가 무가내 곁으로 가까이 다가와 공손히 말하면서 팔을 내밀었다.

그러나 무가내는 대답하지 않고 묵묵히 달리기만 했다.

"만약 무슨 일이 생길 경우, 우리 중에서 제일 고강한 소주께서 대부인 때문에 행동에 제약을 받으면 곤란합니다."

그녀의 냉철한 지적이 무엇을 뜻하는지 깨달은 무가내는 즉시 단예소를 넘겨주었다.

혈오는 팔마영 원진과 두 명의 마영이 무가내에게서 은예상을 넘겨받지 않는 것을 보고 원진을 쳐다보았다.

원진은 보일 듯 말 듯 고개를 가로저었다.

그것으로 혈오는 은예상이 무가내의 첫 번째 정실부인이라는 것과 그녀가 무가내에게 어떤 존재일는지 대충 짐작할 수 있었다.

第七十六章

무적사마영(無敵四魔影)

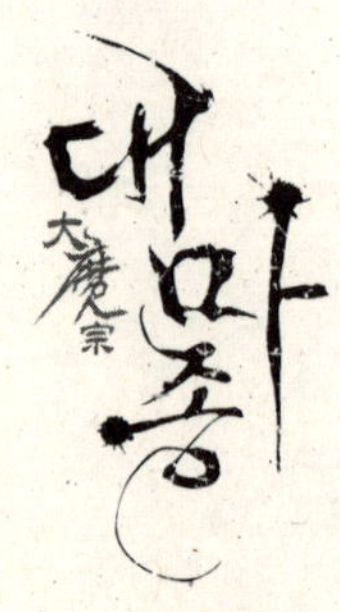

대마홍
大麾宗

산속 언덕 위에 솟아 있는 커다란 두 개의 바위 중간쯤에 한 명의 인물이 서 있다.

그는 팔백여 장 거리의 까마득한 저 아래 계곡 사이로 흐르는 강을 굽어보고 있다.

짙은 갈색의 장포를 입었으며 한 자루 도를 허리 뒤쪽에 차고 있는 것이 특이했다.

전방에는 수풀이 우거져 있었는데, 그는 마른 나뭇가지 사이로 강 쪽을 주시하고 있었다.

바위 아래에는 한 명의 커다란 체구의 갈의단삼인이 장승처럼 우뚝 서 있었다.

바위 위의 인물이 장포를 입고 있는 데 비해서 그는 단삼을 입고 있는 것이 달랐다.

언뜻 보기에도 장포인이 상급자인 것 같았다.

바위 중간쯤에 서 있는 갈의장포인은 자세를 낮추어 엉거주춤한 모습이다.

마치 강 쪽에서 누군가 이쪽을 쳐다볼 경우 발각되지 않으려는 듯한 모습이었다.

눈도 깜빡이지 않고 강 쪽을 주시하고 있는 갈의장포인의 얼굴에 약간 복잡한 기색이 떠올랐다.

그의 시선 끝에서 무가내 일행이 나는 듯이 강변을 따라 하류로 달려가고 있었다.

나뭇가지 사이로 무가내 일행을 관찰할 수 있는 공간은 극히 제한적이었다.

또한 강변에는 크고 작은 바위들이 많이 난립해 있어서 무가내 일행의 모습은 사라졌다가 다시 나타나기를 반복했다.

갈의장포인은 강 건너 산 중턱에서 무가내 일행의 오른쪽 측면을 보고 있었다.

그의 복잡한 표정이 조금 더 짙어지는 듯하더니 이윽고 전음으로 짧게 말했다.

"철수한다."

그 말에 바위 아래 서 있던 갈의단삼인 얼굴에 뜻밖이라는 표정이 가볍게 떠올랐다.

“지금이 혈풍신옥을 제거할 수 있는 최적의 기회입니다. 한데 왜 철수하려 하십니까?”

원래 이들 조직 내에서는 상급자의 명령에는 절대복종하는 것이 원칙이다.

불복한다거나 지금 갈의단삼인처럼 상급자에게 묻는 것은 즉참을 당할 정도로 중죄이기도 하다.

그러나 갈의장포인은 그를 즉참하지 않았을뿐더러 미간을 잔뜩 좁혔다.

철수한다고 명령은 했지만 그 역시 아직 갈등하고 있는 것이 분명했다.

“혈풍신옥이 중천방을 어떻게 전멸시켰는지 못 봤느냐?”

“우린 중천방의 오합지졸하고는 다릅니다.”

가만히 불어온 바람이 주변의 나뭇잎을 흔드는 사각거리는 소리가 들려오는 중에 두 인물의 전음은 계속됐다.

“하나를 보면 열을 알 수 있다. 혈풍신옥은 최소한 일등(一等)인 일절신제(一絶神帝)와 비슷한 수준이다. 그리고 적멸가인은 이등(二等) 이황무존(二荒武尊), 네 명의 마영은 삼등(三等) 삼철혈왕(三鐵血王)과 비슷한 수준이다.”

“사마영이 삼철혈왕 수준이라는 것은 인정하지만 혈풍신옥과 적멸가인은 팔등주(八等主)께서 지나치게 높이 평가하신 것 같습니다.”

“팔차등주(八次等主).”

갈의장포인 팔등주의 전음 목소리가 약간 냉랭하게 변했다.

"하명하십시오."

갈의단삼인 팔차등주는 대천십등의 팔등 팔혼낭차 사만 명의 생살여탈권(生殺與奪權)을 한 손에 틀어쥐고 있는 팔등주의 꾸짖음에 즉시 부복했다.

"팔혼낭차 삼백 명으로 저들을 죽일 수 있는 가능성은 절반이다. 그렇다면 지금은 물러나는 것이 옳다. 그러나 원거리 감시를 계속하고, 저들을 죽이는 것은 팔혼낭차 칠백 명을 더 보강한 후로 미룬다."

팔등주가 그렇게 말하고 있을 때 무가내 일행의 모습이 시야에서 완전히 사라졌다.

"아! 저기……."

당하와 한수가 합쳐지는 합수머리에 위치한 번성현을 이십여 리 남겨둔 지점에서 적멸가인이 앞쪽을 가리키며 낮게 탄성을 터뜨렸다.

왼쪽으로 급격하게 구부러진 강의 백여 장 전면에 두 여자의 모습이 갑자기 나타났다.

자미룡과 냉운월이다.

두 여자는 마주 달려오고 있는 무가내 일행을 발견하고 얼굴 가득 반가운 표정을 떠올리며 더욱 빨리 쏘아왔다.

멈춰 선 무가내 앞에 이르자 자미룡과 냉운월은 그 앞에 부복하며 예를 갖추었다.

"주군을 뵈어요!"

무가내는 아무 말 없이 주위의 평평한 곳으로 걸어가 혈오의 등에서 단예소를 내려 조심스럽게 낮은 바위에 앉게 해주었다.

그러나 자신이 업고 있는 은예상을 내려놓지는 않았다.

눈치 빠른 자미룡과 냉운월은 무가내가 평소와 뭔가 다르다는 것을 한눈에 간파했다.

두 여자는 단예소가 무가내의 어머니라는 사실을 직감하고 즉시 그녀 앞에 무릎을 꿇고 큰절을 올렸다.

"대부인을 뵈어요!"

단예소는 부드러운 얼굴로 두 여자를 바라보았다.

"일어나세요."

두 여자는 조심스럽게 일어나 단예소의 모습을 가만히 살펴보았다.

'아……'

그리고는 단예소의 너무도 아름답고 기품있는 모습에 똑같이 내심으로 감탄을 터뜨렸다.

이어서 그녀는 무가내를 다시 쳐다보았다. 주위에 적멸가인과 사마영이 서 있었지만 그녀들의 관심은 오직 무가내에게만 집중되었다.

헤어져 있던 지난 십여 일 동안 무가내가 보고 싶어 눈에서 진물이 날 정도였던 두 여자다.

그런데 무가내는 두 여자를 만나 공곡공음(空谷跫音)의 기쁨까지는 아니더라도, 웬일인지 그녀들에게 눈길 한 번 제대로 주지 않고 돌덩이처럼 굳은 얼굴로 날카롭게 강 건너와 주변을 살피기만 했다.

무가내의 그런 모습을 처음 접하는 두 여자는 아연 긴장을 하면서도 한편으로는 섭섭한 마음을 금치 못했다.

자미룡이 언제 무가내가 자신을 한 번 쳐다봐 줄까 하는 마음으로 그에게서 시선을 떼지 못하는 동안 냉운월은 이런 분위기가 무엇 때문인지를 알아내기 위해서 천천히 주위를 둘러보았다.

그리고는 무가내와 은예상을 제외하고 모두 처음 보는 사람들뿐이라는 사실을 깨닫게 되었다.

무가내에게 업혀 있는 은예상이 잠든 것 같은 모습이라서 조금 이상했지만 안색으로 봐서 별일은 없는 듯했다.

그다음에 냉운월의 시선이 자연스럽게 적멸가인의 얼굴에 멈추었다.

그녀가 눈이 번쩍 뜨일 만큼 지독하게 아름답고 늘씬하다는 단순한 이유 때문이었다.

하지만 그녀의 신분이 무엇인지, 무가내와 어떤 관계인지는 짐작조차 하지 못했다.

그때 문득 냉운월은 두 가지 생각을 한꺼번에 떠올렸다.

적멸가인이 누군가를 업고 있는 것을 발견했고, 요마낭이 보이지 않는다는 사실이다.

냉운월은 이끌리듯이 적멸가인의 뒤쪽으로 두어 걸음 걸어가고서야 그녀의 등에 업힌 사람이 요마낭이라는 사실을 깨달았다.

요마낭이 얼굴을 반대편 쪽으로 향하고 있었지만, 눈에 익은 그녀의 작고 아담한 체구를 못 알아볼 리가 없다.

"낭이가 어째서……."

냉운월은 요마낭의 얼굴을 보려고 반대편으로 걸어가면서 의아한 얼굴로 중얼거렸다.

그녀의 말에 자미룡도 퍼뜩 정신을 차리고 요마낭을 보기 위해 걸음을 옮겼다.

적멸가인의 등에 뺨을 댄 채 눈을 감고 있는 요마낭의 얼굴은 핏기 하나없이 창백했다.

"낭아."

자미룡이 의아한 표정을 지으며 손을 뻗어 요마낭의 뺨을 만졌다.

자고 있는 것 같아서 깨우려는 것이다. 하지만 그러면서도 자미룡은 뭔가 불길함이 스멀스멀 피어나는 것을 떨쳐 내지 못했다.

'차다!'

자미룡은 손끝으로 전해오는 요마낭의 뺨이 얼음처럼 차갑다는 것을 느끼고 움찔 몸을 떨었다.

"그녀는 죽었어요."

그때 적멸가인이 억양없는 목소리로 조용히 중얼거렸다.

그러나 자미룡과 냉운월은 그 말을 제대로 알아듣지 못했다.

그저 강물이 흐르는 소리나 바람이 불어 나뭇잎이 바삭거리는 소리 정도로만 흘려들었다.

사람들은 불가능하거나 믿고 싶지 않은 말은 듣지 않으려는 습성이 있다.

지금 자미룡과 냉운월이 그랬다. 요마낭이 죽다니, 얼토당토않은 말이다.

"주군!"

두 여자는 똑같이 무가내를 쳐다보았다.

그러나 그녀들은 이번에도 무가내의 말을 들을 수 없었다. 다만 그의 얼굴이 여태까지보다 더 차갑게 굳어지는 것을 발견했을 뿐이다.

이 소란에도 눈을 뜨지 않는 요마낭을 보면서, 그녀의 뺨이 얼음처럼 차가운 것을 느끼면서, 무가내의 저 분노하는 표정을 보면서 두 여자는 비로소 요마낭의 죽음을 받아들이기 시작했다.

비틀.

자미룡의 늘씬한 몸이 크게 휘청이는가 싶더니 그대로 풀썩 주저앉았다.

"낭아, 네가 죽다니… 안 돼……."

그녀는 실성한 사람처럼 중얼거렸다.

무가내를 만나기 전의 그녀는 항주성 구룡방의 칠방주로서 빙화라 불릴 정도로 인정이라곤 없는 성격이었다.

그렇지만 그 성격이 구룡방의 환경적인 요소 때문이었다는 사실을 무가내를 만난 이후 비로소 알게 되었다.

아니, 오히려 그녀는 마음이 여리고 정이 많은 여자였다. 무가내의 측근으로 발탁된 후 다른 측근들과 가족처럼 지내면서 그런 사실들을 깨닫게 되었었다.

더구나 그녀는 요마낭하고는 끊임없이 아옹다옹하면서 친자매처럼 정이 흠뻑 들었다.

"낭아는 죽지 않았다."

그때 강 건너 산을 뚫어지게 주시하고 있던 무가내가 냉랭하게 중얼거렸다.

단예소를 제외한 모두들 놀라듯 어이없다는 표정으로 무가내를 쳐다보았다.

그들이 보기에 요마낭은 죽은 것이 분명했다. 이들 모두는 사람을 직접 만져 보지 않고서도 심장과 맥박이 뛰는지 여부를 알 수 있을 정도의 고수들이다.

난연장 지하 밀실에서 무가내가 요마낭을 치료하는 것을

본 적멸가인과 혈오는 그것을 치료라고 생각하지 않았다.

다만 죽은 사람의 몸을 깨끗하게 해주려는 의도 정도로 생각했다.

하지만 단예소는 달랐다. 요마낭을 '반드시 살리겠다'는 아들의 말을 믿었다.

그러므로 요마낭이 아직 죽지 않은 것이며, 소생시킬 수 있다고 생각했다.

자미룡이 일어나 요마낭을 다시 한 번 만져 보고 그녀가 죽었음을 확인한 후에 무가내에게 물었다.

"죽지 않았다니… 그게 무슨 말씀이에요?"

"단전에 아직 원진력이 남아 있다. 그것이 사라지지 않도록 보호막을 쳐두었지. 그러니까 살아날 것이다. 아니, 내가 살려내겠다."

원진력이 잘 무엇인지 모르고 있는 자미룡과 냉운월은 어리둥절한 표정을 지었고, 다른 사람들은 그제야 무가내의 말 뜻을 이해했다.

그러나 그의 말뜻을 이해한 것이지 요마낭을 살리겠다는 말을 이해한 것은 아니다.

요마낭의 단전에 남아 있는 원진력은 필경 극소량일 것이다.

무가내가 그것을 감지해 내고, 또 그것에 보호막을 씌운 것은 놀라운 실력이지만, 그것만으로 요마낭을 살릴 수 있다고 생각하지는 않았다.

적멸가인과 사마영은 그저 요마낭을 '몸속에 극소량의 원진력을 지니고 있는 시체' 정도로 생각했다.

그때 자미룡이 두 손으로 무가내의 손을 감싸 잡으면서 간곡한 표정으로 눈물을 글썽이며 말했다.

"주군, 낭아를 꼭 살려주세요."

무가내는 힘껏 고개를 끄덕였다.

"걱정 마라. 내가 죽을망정 내 가족을 먼저 죽게 만들지는 않겠다."

그의 말에 적멸가인과 자미룡, 냉운월은 자신들의 심장에서 뜨거운 기운이 흘러나와 맥맥하게 온몸을 흐르면서 따뜻하게 만드는 것을 느꼈다.

문득 무가내는 자미룡과 냉운월을 보며 생각난 듯 물었다.

"그런데 너희는 이곳에 무슨 일로 왔느냐?"

아직 충격에서 헤어나지 못하고 있는 자미룡 대신 냉운월이 공손히 대답했다.

"주군의 호위인 저희가 주군을 수행하지 않았다고 요마군장이 크게 화를 냈습니다."

요마군장 설란요백은 무적방의 실질적인 제이인자라고 할 수 있다.

원래 무적오군장 중에서 가장 연장자이며 암묵적으로 제이인자의 자리에 있었던 혈검군장 균현이 설란요백에게는 무조건 굽히고 들어가는 상황이기 때문에 다른 사람들은 두말할 것도 없다.

요마군장이었던 냉운월은 항상 무가내 곁에 있고 싶다는 마음 하나 때문에 자신의 지위를 설란요백에게 서슴없이 양보하고 무가내의 호위가 되었다.

거기에 동참을 한 것이 자미룡과 요마낭이었고, 그녀들은 각기 무가내의 좌호위, 우호위, 중호위가 되었다.

무가내 곁에 있고 싶어서 호위가 된 세 여자지만, 정작 그의 곁에 늘 붙어 있는 사람은 요마낭 한 명뿐이었다.

요마낭은 무가내의 호위이면서 제자 같기도 하고, 연인 같은 누이동생이었기 때문이다.

무가내가 요마낭을 얼마나 귀엽고 예뻐하는지 측근 중에서 모르는 사람이 없다.

또한 그가 틈만 나면 그녀를 무릎에 앉히고 젖가슴과 속곳 속에 손을 넣고 주물럭거리는 것은 더 이상 비밀스러운 일도 아닌 것이다.

자미룡과 냉운월은 무가내의 호위면서도 제대로 호위 노릇을 하지 못하고 겉돌기만 했었다.

걸핏하면 무가내를 잃어버리고는 다른 사람들에게 그가 어디에 있느냐고 물어야 할 지경이었다.

그러니 그녀들은 호위가 아니라 어디에도 발붙이지 못하는 애물단지가 돼버린 것이다.

하지만 그것은 그녀들의 잘못이 아니다. 그녀들에게 아무 말도 하지 않고 신출귀몰, 동에 번쩍 서에 번쩍하는 무가내 탓이었다.

그런 상황에서 무가내는 어머니 단예소에게 가면서도 은 예상과 요마낭만 데리고 또 말없이 사라져 버린 것이다.

심지어 무가내는 자신의 목적지를 설란요백이나 균현에게 도 알리지 않았다.

두 사람에게는 단지 낙양에서 대기하고 있으라고만 명령 했었다. 언제 오겠다는 말조차 없었다.

설란요백과 균현은 무가내가 어머니를 만나러 간다는 사 실을 우연찮게 들었을 뿐, 자세한 것은 모르고 있다.

설란요백은 자미룡과 냉운월이 무가내를 수행하지 않았다 는 사실을 그 다음날 알고는 두 사람을 크게 꾸짖었다.

이어서 두 사람에게 즉시 무가내를 뒤쫓으라고 명령하면 서 그가 한수를 거슬러 올라갔다고만 일러주었다. 사실 설란 요백도 그것밖에 모르고 있었다.

그래서 자미룡과 냉운월은 부랴부랴 한 척의 소형 쾌속선 을 마련하여 최고 속도로 한수를 거슬러 오르면서 포구가 나 타날 때마다 무가내 일행에 대해서 자세히 물어물어 여기까 지 오게 된 것이었다.

"너희 둘만 왔느냐?"

"무적군이 뒤따라오고 있습니다."

무가내의 물음에 냉운월이 공손히 대답했다.

그때 입술을 깨물면서 곰곰이 생각에 잠겨 있던 자미룡이 무가내에게 불쑥 물었다.

"오빠, 그런데 누가 낭아를 저 지경으로 만든 건가요?"

그녀는 요마낭의 일 때문에 너무 감정에 치우친 나머지 자신이 예전에 무가내를 부르던 호칭을 사용했다는 사실조차 알지 못했다.

그런 것을 별로 개의치 않는 무가내는 손을 뻗어 요마낭의 맥을 잡으면서 중얼거렸다.

"혈오, 네가 설명해 줘라."

한 옆에 묵묵히 서 있던 혈오는 팔마영 원진에게 무가내의 측근, 즉 은예상과 적멸가인, 요마낭, 그리고 방금 나타난 자미룡과 냉운월에 대해서 전음으로 대충 설명을 듣고 있는 중이었다.

그 설명에 의하면, 은예상이 무가내의 정실부인이고, 요마낭이 이부인, 적멸가인이 삼부인, 자미룡은 사부인이 될 가능성이 어느 정도 있는 최측근, 냉운월은 연인 관계가 아닌 최측근이었다.

"팔혼낭차 오십여 명의 급습으로부터 대부인과 주모를 보호하려다가 이부인께서 저렇게 되신 것이다."

도저히 여자의 것이라고 여겨지지 않는 목소리로 혈오가 설명했다.

　원진의 설명에 의하면, 자미룡은 무가내의 부인이 될 가능성이 있다고 했지 아직 부인은 아니다. 그래서 혈오가 거침없이 반말을 한 것이다.

　이어서 혈오는 팔혼낭차가 대천신등의 팔등이라고 간략하게 덧붙였다.

　'대천신등' 이라는 말에 자미룡과 냉운월은 크게 놀랐다.

　잠시가 지나서야 겨우 마음을 가라앉힌 냉운월이 혈오에게 물었다.

　"그들이 무엇 때문에 대부인과 주모를 공격한 것입니까?"

　"모른다."

　혈오의 대답은 짧고도 냉랭했다.

　자미룡과 냉운월은 시원스런 설명을 듣지 못해서 더 답답해졌으나 어쩔 도리가 없었다.

　그녀들은 그제야 처음 보는 사마영과 적멸가인이 누군지 궁금해졌다.

　하지만 지금은 그런 것을 물을 분위기가 아니었다.

　"운월, 무적군을 번성현에서 대기하도록 해라."

　냉운월은 머뭇거렸다. 겨우 무가내와 만났는데 만나자마자 헤어져야 하는 것이 아쉬웠다.

　무가내의 명령은 단지 말을 전하는 것뿐이지만 지금으로선 그녀가 연락책을 맡을 수밖에 없었다.

　"명을 받듭니다."

냉운월은 어쩔 수 없이 무가내에게 예를 취한 후 왔던 길을 다시 나는 듯이 달려갔다.

"아……."

그때 무가내에게 업혀 있던 은예상이 낮은 신음을 흘리면서 깨어났다.

그녀는 고개를 들고 눈을 깜빡이다가 자신이 무가내의 등에 업혀 있다는 사실을 깨닫고 안도의 표정을 지었다.

하지만 그것도 잠깐, 그녀는 곧 요마낭을 떠올리고는 두리번거리다가 적멸가인이 요마낭을 업고 있는 것을 발견했다.

"셋째, 둘째는……."

적멸가인이 빠르게 은예상에게 다가와 요마낭을 보여주었다.

"큰언니, 풍 랑께서 임시 조치를 취해두셨어요. 둘째 언니는 괜찮을 거예요."

"그런가? 아… 다행이야."

처음에는 요마낭이 소생할 것이라는 무가내의 말을 단예소만 믿었으나 이젠 은예상과 적멸가인도 믿게 됐다.

그녀들의 공통점은 어떤 상황에서도 무가내가 하는 말이나 행동이라면 무조건 믿는다는 것이다.

그것이 세 여자와 자미룡의 차이점이다.

단예소는 무가내의 친어머니이기 때문에, 은예상과 적멸가인은 그의 여자이기 때문에 맹목적으로 믿지만 자미룡은 그렇지 않다.

자미룡은 무가내를 알게 된 것이 적멸가인보다 훨씬 이르고 또 많은 일들을 함께 겪었으며 일상생활도 함께했다.

그래서 무가내의 외적인 것에 대해서는 자미룡이 더 많이 알고 있을지 모르지만, 내적인 것은 적멸가인이 앞선다.

외적인 것은 말로 설명할 수 있는 것이지만, 내적인 것은 말보다는 감정으로 통하는 것을 말한다.

지금 이런 상황이 그것을 잘 대변하고 있다. 자미룡은 요마낭의 소생에 대해서 반신반의하고 있지만, 적멸가인은 무조건 믿고 있다.

무가내와 육체적으로 하나가 됐다는 것은 단지 몸만 합일(合一)됐다는 뜻이 아닌 것이다.

자미룡은 의아한 표정으로 적멸가인을 바라보았다. 그녀는 적멸가인을 처음 본다.

그런데 그녀가 요마낭을 업고 있으며 또 무가내를 '풍 랑'이라 부르고, 은예상이 그녀를 '셋째'라고 호칭한 것, 그리고 요마낭을 '둘째'라고 호칭한 것을 이해하기 어려웠다.

무가내의 정실부인이라고 할 수 있는 은예상이 자매처럼 '둘째' 또는 '셋째'라고 부르는 것은 지금 상황에서 한 가지 경우에만 가능할 터이다.

즉, 두 여자가 무가내의 부인이 됐다는 뜻이다. 다른 말로는 그와 동침을 했다는 의미이기도 하다.

자미룡은 무가내와 헤어져 있던 지난 열흘 정도 사이에 자신이 모르는 많은 일이 생겼음을 깨닫고 마치 자신이 타인이 된 듯한 느낌이 들었다.

무가내와 요마낭의 동침은 어느 정도 예상하고 있었다.

그렇지만 생전 처음 보는 여자가 무가내의 셋째 부인이라니, 자미룡은 쇠망치로 뒤통수를 호되게 얻어맞은 것 같은 충격을 받았다.

그녀는 너무 깊은 충격과 슬픔 때문에 요마낭의 일을 잠시 망각하고 있을 정도였다.

적멸가인을 뚫어지게 쏘아보는 그녀의 두 눈에는 살기가 번뜩였다.

환경이 변하고 성격이 바뀌었어도 변하지 않는 것이 하나 있다. 바로 그녀의 솔직함이다.

은예상은 자미룡의 표정을 보고는 그녀의 심정을 짐작할 수가 있어서 무거운 마음이 되었다.

하지만 현실을 무시할 수는 없다. 그래서 조용한 목소리로 자미룡에게 적멸가인을 소개했다.

"중호위, 셋째는 한정이라고 해요."

'한정', 처음 들어보는 이름이다.

적멸가인은 자미룡에게 가볍게 고개를 숙여 보였다.

"한정이에요."

적멸가인은 자미룡이 구룡방 칠방주 빙화였던 시절보다

더 차가운 성격의 소유자다.

그녀가 자신의 본성을 억제하고 부드럽게 대하는 상대는 무가내와 은예상, 단예소, 요마낭 정도에 국한된다. 그 외의 사람에게는 여전히 적멸가인인 것이다.

적멸가인이 먼저 인사를 했으니 자미룡도 예를 취해야 한다. 그러나 그녀는 교구를 바르르 떨면서 적멸가인을 노려보기만 할 뿐이다. 감정을 억제하기가 무척이나 힘든 듯했다.

자미룡은 은예상 다음으로 무가내 곁에 오랜 머문 사람이고, 가족보다 더 가깝게 지냈으며, 그가 소중한 부위를 마음껏 만지기도 했었다.

그런데 어째서 뒤늦게 합류한 요마낭은 부인이 되고 자신은 되지 못하는 것인지 이해할 수가 없었다.

아니, 그것을 억지로라도 이해한다고 치자. 하지만 생전 알지도 못하는 여자가 불과 십여 일 사이에 무가내의 셋째 부인이 되어 떡하니 나타난 것만큼은 절대 이해할 수 없었다. 아니, 이해하고 싶지도 않았다.

자미룡은 칼로 자신의 온몸을 갈가리 난도질하여 죽어버리고 싶을 만큼 절망했다.

그런 처절한 심정이거늘, 적멸가인의 인사가 귀에 들어올 리 만무하고 그녀에게 고분고분 자신을 소개하고 싶겠는가.

획!

결국 그녀는 찬바람이 일도록 몸을 돌리더니 강 하류를 향해 쏜살같이 달려갔다.

"흑흑흑……."

멀어지는 그녀에게서 나직이 흐느끼는 소리가 들려왔다.

그녀는 중호위이기에 앞서 무가내를 사랑하는 한 명의 소녀였을 뿐이다.

자미룡의 돌연한 행동에 은예상과 단예소는 깜짝 놀랐으나 적멸가인은 눈썹 하나 까딱하지 않았다.

이 자리에 있는 사람들 중에서 자미룡이 평소에 무가내를 깊이 연모하고 있었다는 사실을 알고 있는 사람은 은예상 혼자뿐이다.

오죽하면 무가내조차도 자미룡이 자신을 사랑하고 있다는 사실을 알지 못했다.

그저 남녀간의 애정이 아닌 인간관계로써 자신을 의지하고 따른다는 정도로만 알고 있을 뿐이다.

또한 그는 가족처럼 생각하는 최측근이나 수하들의 잘못, 혹은 실수에 대해서는 매우 너그러운 편이다.

그래서 방금 자미룡의 행동에 대해서도 별달리 신경을 쓰지 않았다.

"출발하자."

"소주, 잠시 드릴 말씀이 있습니다."

무가내가 떠날 채비를 하자 팔마영 원진이 앞으로 나서며 공손히 말했다.

원진을 필두로 십오마영과 이십구마영 혈오, 삼십사마영이 무가내 앞에 나란히 늘어섰다.

"소인들이 지금 이 순간부터 소주를 주인님으로 모실 수 있도록 허락해 주십시오."

"주인으로?"

"그렇습니다. 전대 대마종에 이어서 소주를 제이대 대마종으로 모시겠습니다."

"대마종……."

무가내는 갑자기 가슴이 벅차면서 뜨거워지는 것을 느꼈다.

제일대 대마종인 아버지에 이어서 자신이 제이대 대마종이 되는 것이다.

그것도 아버지를 최측근에서 그림자처럼 모셨던 삼십육마영 중에 끝까지 살아남은 네 명의 마영에 의해서 말이다.

그러니 어찌 감회가 남다르지 않겠는가.

사마영은 수하가 아니라 종이다. 그래서 그들은 무가내를 주군이 아닌 주인님으로 섬기게 될 것이다.

무가내는 시리도록 새파란 겨울 하늘을 바라보았다.

문득 그 하늘에 아버지의 모습이 떠올랐다. 난연장 지하 밀실에서 봤던 이미 죽은 유체가 아니라 살아생전 모습의 아버지 대마종, 즉 마군황 독고중천이다.

그 아버지가 하늘에 솟은 거대한 산악 같은 모습으로 무가내를 굽어보고 있었다.

그리고 무가내는 아버지의 입가에 떠오른 온화한 미소와 부드러운 눈빛을 보았다.

문득 그 아버지가 말을 했다.

"풍아, 천하 제패 같은 것은 하지 않아도 된다. 네 마음에 드는 삶을 살도록 해라."

무가내 귀에만, 아니, 가슴으로만 들리는 음성이었다.

아버지는 어머니 단예소와 똑같은 것을 아들에게 원하고 있는 것이다.

자신은 천하 제패와 사독요마를 위해서 일생을 허비했었지만, 아들은 똑같은 전철을 밟지 않기를 바라고 있었다.

히죽.

무가내는 아버지를 향해 장난스러운 미소를 날렸다.

'알았어요.'

하늘을 바라보는 아들의 시선을 따라서 단예소도 하늘을 바라보았다.

그리고 그곳에 그리운 남편이 미소를 짓고 있는 것을 발견하고 그녀의 얼굴에 무지개 같은 그리움이 피어올랐다.

'여보……'

무가내가 하늘에서 시선을 거두자 아버지의 모습이 사라졌다. 단예소도 남편의 모습이 사라진 것을 느꼈다.

무가내는 사마영을 한 명씩 천천히 살피듯 쳐다보고 나서 이윽고 입을 열었다.

"나 독고풍은 지금 이 순간부터 아버지의 뒤를 이어 제이대 대마종이 되겠다."

평소에는 언제나 무심한 표정을 짓고 있는 사마영이지만, 지금은 만면에 기쁨과 감격스러운 표정을 잔잔하게 떠올리고 있었다.

그들은 전대 대마종에 이어서 이대째 대마종을 모시게 된 것이다.

더구나 아버지와 아들을 연이어 모시게 되니 그 감회가 얼마나 남다르겠는가.

그렇지만 적멸가인의 얼굴에는 복잡한 표정이 떠올랐다.

며칠 전까지만 해도 정협맹 최대 최고의 적이었던 혈풍신옥이 그녀의 목전에서 제이대 대마종에 오르고 있다.

그녀가 아무리 혈풍신옥의 여자, 아니, 아내가 되었다고는 하지만 아직 정신의 밑바닥에는 정파의 혼이 깊이 뿌리를 내리고 있었기에, 이 광경을 보면서 무심하거나 아니면 반사적으로 기쁜 마음이 솟구치는 것은 아직 무리였다.

그러나 그녀는 곧 자신의 마음을 다스렸다.

'나는 이제 대마종의 아내다!'

아랫배에 불끈 힘을 주고 내심 크게 외치자 복잡하던 마음이 순식간에 사라졌다.

단예소는 더없이 기쁜 표정으로 일어나 무가내 옆 뒤쪽에

서서 두 손을 앞에 모으고 하염없이 눈물을 흘렸다.

은예상은 무가내의 등에서 내리려고 작게 몸을 옴찔거렸다.

그제야 그녀의 존재를 감지한 무가내는 조심스럽게 그녀를 내려주었다.

맨 오른쪽의 팔마영 원진이 무가내를 향해 더할 수 없이 공손하게 부복하고 이마를 땅에 댔다.

"소인 팔마영 원진이 주인님을 뵙습니다."

이어서 그 옆으로 십오마영과 이십구마영, 삼십사마영 순서로 부복했다.

"소인 십오마영 조재(趙宰), 주인님을 뵈옵니다."

"소인 이십구마영 혈오가 주인님을 뵈옵니다."

"소인 삼십사마영 궁의(穹宜), 주인님을 뵙습니다."

오늘 날이 새기 전부터 무당 장문인 광양자 등과 싸우고, 이후에는 중천방 이천여 고수 대부분을 죽였으며, 이후에는 대천신등 오십여 명의 팔혼낭차에게 요마낭이 변을 당하는 등 좋지 않은 일만 겪었던 무가내다.

그런데 지금 이 순간 그 찌뿌듯했던 기분이 일시에 사라지는 듯했다.

그는 가슴을 활짝 펴면서 크게 심호흡을 한차례 하고 난 후 묵직한 어조로 입을 열었다.

"나는 지금부터 독고풍이라는 원래의 이름을 사용하겠다."

단예소의 만면에 기쁜 기색이 가득 떠올랐다.

말은 하지 않았지만 아들이 독고풍이라는 좋은 이름을 놔두고 무가내라는 이상한 이름을 사용하는 것이 조금 께름칙했었던 그녀다.

무가내, 아니, 독고풍의 말이 이어졌다.

“이제부터 너희를 무적사마영(無敵四魔影)이라 부르겠다.”

무적사마영은 부복한 자세에서 미동조차 하지 않았다.

“그리고 너희 각자를… 에… 그러니까…….”

독고풍은 ‘무적사마영’ 이라는 멋진 이름을 지어놓고는 각자에게 어떤 호칭을 붙여야 좋을까 하는 것에서 막혀 버렸다. 거기까지가 그의 한계였다.

그가 도움을 청하듯 옆에 서 있는 은예상을 쳐다보자 그녀는 아름답게 방그레 미소를 지었다.

“동서남북이 좋겠군요.”

“오! 그렇군! 동서남북!”

그는 만면에 환한 표정을 지으며 손가락으로 원진부터 차례로 가리켰다.

“원진은 동마영(東魔影), 조재는 남마영(南魔影), 혈오는 서마영(西魔影), 그리고 궁의는 북마영(北魔影)이다.”

자신의 이름이 불려질 때마다 무적사마영은 더욱 자세를 납작하게 만들었다.

독고풍은 하늘을 올려다보았다. 해를 보니 미시(未時:오후

2시)쯤 된 듯했다.

난연장을 출발했을 때가 사시(巳時:오전 10시) 무렵이었으니까 두 시진 동안 쉬지 않고 달려온 것이다. 그러나 이각 정도 쉬었으니 휴식은 충분했다.

그는 단예소에게 다가가며 업히라고 등을 내밀었다.

그러자 그녀는 미소 지으며 은예상을 가리켰다.

"너는 상아를 업어라. 나는 혈오에게 업히마."

독고풍이 은예상을 업고 혈오가 단예소를 업자 남마영 조재가 쏜살같이 앞으로 치고 나갔다.

앞장서서 길을 열려는 것이다.

이어서 독고풍이 달리기 시작하자 단예소를 업은 서마영 혈오가 바짝 뒤따르고, 그 뒤를 요마낭을 업은 적멸가인이, 그리고 동마영 원진이 독고풍과 혈오의 측면에서, 북마영 궁의가 맨 뒤를 경계하며 달렸다.

일각 후 독고풍 일행은 당하가 한수로 유입되는 번성현에 도착할 수 있었다.

第七十七章
무적군부(無敵軍父)

냉운월이 번성현에 도착하여 막 비합전서를 날린 직후에 독고풍 일행이 당도했다.

독고풍은 번성현 대로 입구에서 번화한 안쪽 거리를 보며 냉운월에게 물었다.

"운월, 너희가 타고 온 배는 어디에 있느냐?"

냉운월이 난감한 표정을 지었다.

"포구에 정박해 있지만 이 인원이 모두 타기에는 배가 너무 작아요."

독고풍은 자신들이 지나온 당하 상류 쪽을 주시하며 누구에게랄 것 없이 중얼거리듯 물었다.

"그런데 난연장에서부터 누군가 우릴 감시하고 있었다면, 지금도 감시를 당하고 있다고 봐야 하나?"

"그렇지는 않을 것입니다."

원진이 단정하듯 대답했다.

"어째서?"

"난연장에서 이곳까지 오는 가장 빠른 방법은 강변으로 달려오는 것입니다."

"그렇지."

"그런데 만약 누군가 우리를 감시하면서 미행하고 있었다면 산과 숲 속밖에는 적당한 장소가 없습니다."

"응."

독고풍은 고개를 끄덕이며 알겠다는 표정을 지었다.

"감시하는 자들이 우릴 뒤따르지 못했을 것이란 말이지?"

"그렇습니다."

당하 강가는 대부분 평탄했지만 산이나 숲은 절벽과 계곡이 많은 편이다.

그렇기에 누군가 미행을 했다면 아무리 경공이 뛰어나다고 해도 아직 절반도 채 따라오지 못했을 것이다.

더구나 이쪽은 독고풍을 비롯하여 적멸가인이나 무적사마영 모두 타의 추정을 불허할 정도로 경공의 대가들이다.

동마영 원진이 독고풍 앞에 나섰다.

"주인님, 소인이 안내하겠습니다."

독고풍은 그가 어디로 안내하느냐고 묻지 않고 그저 고개
를 끄덕였다.

운거장(運去莊).
번성현 포구에서 위쪽으로 사백여 장쯤 뚝 떨어진 거리에
위치해 있는 아담한 장원이다.
이상한 이름이다. 운거라니, 운이 다했다는 뜻인데, 그것은
분명히 이상했다.
하지만 전대 대마종을 깊이 존경하던 마도의 한 인물이 대
마종 사후에 장원 이름을 바꾸었다는 사실을 안다면 그다지
이상하지 않을 것이다.
물론 그 사실을 알고 있는 사람은 극히 드물지만 말이다.
독고풍은 원진이 안내한 운거장에서 잠시 머물기로 했다.
단예소는 이십여 년 전에 남편 독고중천과 함께 쌍산 기슭
에 난연장을 짓고 칩거한 후로는 한 차례도 장원을 떠난 적이
없었다.
대신 매월 정기적으로 운거장주가 생필품이나 귀한 차, 술
따위를 구해서 난연장에 찾아왔었기 때문에 단예소와 운거장
주는 잘 알고 있는 사이였다.
말하자면 운거장은 난연장의 보급을 담당하고 무림의 소
식을 전해주는 보급창과 정보통 같은 역할을 담당하고 있었
다.

운거장은 개인 포구와 다섯 척의 크고 작은 배를 보유하고 있으므로 독고풍이 이곳에 머물면서 운신을 하기에는 안성맞춤이었다.

넓은 실내에는 네 개의 커다란 의자가 놓여 있고, 복판에는 독고풍이, 좌우에는 은예상과 단예소가, 은예상 옆에는 적멸가인이 앉아 있었다.

냉운월이 독고풍 뒤에 혼자 우뚝 서 있고, 무적사마영은 두 명씩 의자의 좌우에 늘어섰다.

그리고 독고풍 면전에는 한 명의 초로인이 무릎을 꿇은 채 그를 쳐다보며 굵은 눈물을 흘리고 있었다.

희끗희끗한 머리카락과 긴 수염, 우람한 체구, 육십여 세의 나이인데도 무쇠를 녹일 듯 형형한 눈빛을 지녔다.

위엄과 용맹을 함께 갖춘 노인이며 평생 눈물 한 방울 흘리지 않았을 듯했다.

그는 육십 평생 단 한 번 울었다. 전대 대마종 마군황 독고중천이 죽었을 때였다.

그리고 지금 독고풍을 보면서 생애 두 번째로 울고 있다.

하지만 십팔 년 전에 흘린 눈물하고는 다른 눈물이다. 그때는 통한의 눈물이었으나 지금은 감격의 눈물이었다.

"속하 우문창(宇文彰), 대마종을 뵈옵니다."

그는 눈물을 흘리면서도 살피듯 한동안 독고풍을 보고 나서야 이마를 바닥에 대며 우렁우렁한 목소리로 말했다.

그는 그 말밖에 하지 않았다. 우직하고 충성스러운 그는 원래 말재주가 없으며 강의목눌(剛毅木訥)한 인물이다.

하지만 그를 생전처음 보는 독고풍과 은예상, 심지어 적멸가인과 냉운월마저도 그의 짧은 말속에 녹아 있는 수만 가지의 벅찬 희열과 감격을 생생하게 느낄 수 있었다.

늙은 마도 명숙이 흘리는 굵은 눈물에는 그런 힘이 실려 있었다.

단예소의 말에 의하면, 우문창은 독고중천의 절친한 벗인 동시에 측근 심복이었다고 한다.

우문창도, 독고풍과 그의 여자들도, 무적사마영도 똑같은 감회에 젖어 실내에는 한동안 아지랑이 같은 침묵이 흘렀다.

슥―

이윽고 독고풍이 일어나 우문창에게 다가가 그 앞에 한쪽 무릎을 꿇고 그를 부축했다.

"우문 숙(宇文叔), 일어나시오."

머리를 조아리고 있는 동안 눈물을 그쳤던 우문창은 독고풍이 자신을 '우문 숙'이라 부르는 바람에 생애 세 번째 눈물이 터지고 말았다.

"주군……."

그는 겨우 고개를 들어 독고풍을 쳐다보는데, 두 눈에서 굵은 눈물이 마구 흘러나왔다.

　독고풍은 우문창이 부친의 수하이기도 했지만 절친한 벗이었다는 단예소의 말을 듣고는 그가 남처럼 느껴지지 않아서 스스럼없이 숙부라는 뜻으로 '우문 숙'이라 부른 것이다.

　독고풍은 우문창의 두 손을 잡고 함께 일어섰다.

　우문창의 손은 크고 거칠었으며 억셌다. 그것은 드러나지 않은 마도 명숙(魔道名宿)의 빛나는 손이었다.

　"마침내… 만나뵙게 되었군요."

　우문창이 떨리는 목소리로 독고풍의 손을 맞잡은 채 까칠해진 입술을 떼었다.

　그는 독고풍의 얼굴을 조심스럽게 살피면서 감회 어린 표정을 지었다.

　"전대 대마종과 정말 닮으셨군요."

　"하하! 그러니까 아들이지."

　독고풍은 명랑하게 웃었다.

　"주군, 소개시킬 사람이 있습니다."

　문득 우문창은 진지한 표정을 지었다.

　독고풍이 고개를 끄덕이자 우문창은 방문 쪽을 쳐다보며 나직이 명령했다.

　"들어오너라."

　문이 열리고 두 명의 남자가 들어왔다. 꼿꼿한 자세에 딱 벌어진 어깨, 절도있는 걸음걸이와 일체 무심한 얼굴 표정.

　각각 삼십대 중반과 후반의 나이이며 키는 똑같이 크고 당당한 체구였다.

호랑이 눈에 매의 코, 곰의 어깨를 지닌 강맹한 용모에 둘 다 시커먼 구레나룻을 길렀다.

두 사내는 몹시 닮아서 형제라는 것을 한눈에 알 수 있었고, 또한 우문창하고도 많이 닮아 그의 두 아들이라는 사실을 짐작할 수 있었다.

우문창은 독고풍에게 공손히 고개를 숙였다.

"속하의 두 아들 보(輔)와 필(弼)입니다. 부디 수하로 거두어주십시오."

큰아들이 우문보(宇文輔)고 둘째 아들이 우문필(宇文弼)이다.

성을 떼고 이름만으로는 '보필(輔弼)'이다. 보필은 수하가 주군을, 신하가 군왕을 호위, 보좌한다는 뜻이다.

우문창은 두 아들의 이름이 '보필'인 것에 대해서 아무런 설명도 하지 않았다.

하지만 필시 대마종을 보필하기 위해서 아들의 이름을 그렇게 지었을 것이라고 모두들 짐작할 수 있었다.

사실 그는 자식을 낳으면 아들이든 딸이든 가리지 않고 대마종의 측근 심복으로 키울 각오였었다.

그런데 다행히도 두 아들을 사 년 터울로 낳아 그들의 이름을 '보'와 '필'이라고 지었다.

그러나 전대 대마종이 죽었을 때 우문보는 십구 세, 우문필은 십육 세에 불과했었다.

대마종의 측근 심복으로 만들려는 꿈은 그렇게 물거품이 된 것처럼 보였다.

그렇지만 우문창은 마군황 독고중천의 아들 독고풍이 언젠가 제이대 대마종에 등극할 것이라고 믿었다.

그때가 되면 두 아들을 제이대 대마종의 측근 심복으로 만들겠다고 방향 전환을 했다.

이후 장장 십팔 년이 흘렀으며, 지금 이 순간 우문창은 자신의 염원을 이루려는 목전에 있다.

독고풍은 잠시 동안 우문보와 우문필을 쳐다보더니 버릇처럼 턱을 쓰다듬었다.

"호오, 호천무적공을 익혔군?"

중인은 독고풍이 단지 쳐다보는 것만으로 보필 형제가 무슨 무공을 익혔는지 알아내자 적잖이 감탄했다.

"그렇습니다. 이 아이들은 지난 십팔 년 동안 삼마영의 진전을 물려받았습니다."

우문창이 공손히 대답했다.

호천무적공은 마도제이의 신공이다. 그것을 십팔 년 동안 연마했다면 보필 형제의 실력을 짐작할 만하다.

만약 혈연지간이라면 숙부의 아들과 독고풍은 사촌 사이다.

비록 피가 섞이지는 않았지만 독고풍은 마치 사촌 형 두 명을 얻은 것처럼 흡족해서 크게 고개를 끄덕였다.

"두 형은 앞으로 나를 잘 이끌어주시오."

그가 서슴없이 '형' 이라 부르자 중인은 깜짝 놀랐다.

누구보다 놀란 사람은 우문창과 보필 형제다. 세 사람은 원래 하늘이 무너져도 외눈 하나 까딱하지 않는 굴강한 성격인데, 방금 독고풍의 말에는 적잖이 놀라고 말았다.

세 사람은 독고풍이 어째서 보필 형제를 '형' 이라 호칭했는지 짐작하고는 가슴이 뜨거워지고 눈가가 뜨뜻해지는 것을 느꼈다. 그리고 이날까지 숨죽인 채 기다려 온 보람을 맛보았다.

그래도 공은 공이고 사는 사다. 독고풍의 마음은 감사하지만 받아들일 수 없는 일이다.

우문창은 굳은 얼굴로 입을 열었다.

"주군, 미흡한 속하의 자식들에게 형이라 하심은 가당치 않습니다. 거두어주십시오."

"형이라 부르지 말라고?"

원래 번문욕례(繁文縟禮)하는 성격의 독고풍은 형을 두 명이나 얻을 수 있는 기회를 잃을까 봐 우문창의 말에 실망하는 표정을 지었다.

그는 자신의 자리로 돌아가 털썩 앉은 후 손을 내저었다.

"그렇다면 나도 우문 숙의 두 아들을 거두지 않겠으니 물러가라고 하시오."

“주군……”

우문창과 보필 형제는 움찔 놀랐고, 독고풍의 성격을 잘 알고 있는 여자들은 ‘또 나왔군’ 하는 표정이었으며, 무적사마 영은 무표정한 얼굴이었다.

독고풍이 외면하자 우문창은 얼굴이 복잡하게 변하더니 이윽고 두 아들에게 명령했다.

“물러가라.”

일순 보필 형제의 얼굴에 흐릿한 절망의 기색이 스쳤다.

그것을 보지 못한 우문창이 아니다. 하지만 두 아들보다는 그 자신의 속이 더 쓰라렸다.

하지만 자신의 두 아들을 존엄한 대마종의 형으로 만드는 불충을 저지를 수는 없는 일이었다.

독고풍은 보필 형제가 방문 쪽으로 걸어가는 것을 힐끗 곁눈질로 발견했다.

순간 그는 다급히 외쳤다.

“우문 숙, 이렇게 하면 어떨까?”

보필 형제가 뚝 걸음을 멈추었고, 우문숙은 굳은 얼굴로 정중히 고개를 숙였다.

“하교하십시오.”

독고풍은 순간적으로 머리를 짜내서 만들어낸 말계(末計)를 끄집어냈다.

“보필 형제 말이야, 사람이 많을 때에는 내 수하로 하고, 그냥 우리들끼리 있을 때에는 형제로 하는 건 어때?"

무슨 그런 방법이 있는가, 라는 듯 우문창의 얼굴이 복잡하게 헝클어졌다.

그러나 보필 형제는 한가닥 희망 어린 표정으로 우문창을 쳐다보았다.

두 사람은 무슨 수를 써서라도 대마종의 측근이 되고 싶었다. 그 마음은 부친보다 크면 컸지 절대 작지 않았다.

두 사람은 대마종의 형이 될 생각은 추호도 없지만, 대마종을 보필하기 위해서 이날까지 피땀 흘리며 무공 연마를 해온 것이 수포가 되는 것은 원하지 않았다.

은예상과 적멸가인, 냉운월 세 여자는 독고풍이 교묘한 방법을 제시하자, '그럼 그렇지, 풍 랑이 누군데' 라는 얼굴로 미소를 지었다.

독고풍은 우문창이 복잡한 얼굴로 즉답을 못하자 팔짱을 척 끼면서 배짱을 튕겼다. 방금 전에 안달을 하던 것과는 대조적인 모습이다.

"더 이상은 양보 못해. 그리고 만약 이것을 허락하지 않으면 우린 이 장원을 떠날 거야."

그는 아예 한술 더 떠서 거침없이 협박을 했다.

막상 이곳을 떠나면 마땅하게 갈 곳이 없다는 사실을 알고 있는 독고풍 쪽 사람들이지만 짐짓 모른 체했다.

우문창은 착잡한 표정을 지었다. 수락하자니 주군에 대한 불경이고, 거절하자니 자신과 두 아들의 평생 숙원이 물거품이 되고 말 상황이다.

독고풍은 안 보는 체하면서도 우문창을 살피고 있었다.

그가 복잡한 얼굴로 생각이 길어지자 불길함이 엄습하여 선수를 치기로 했다.

"보필 형제는 이리 와라."

우문보와 우문필은 긴장된 얼굴로 부친을 쳐다보고 나서 다시 서로의 얼굴을 쳐다보았다.

이윽고 형인 우문보가 가볍게 고개를 끄덕이고 나서 두 사람은 독고풍에게 성큼성큼 걸어가 그 앞에 우뚝 섰다.

독고풍은 뒷짐을 지고 짐짓 위엄있는 표정으로 진중히 입을 열었다.

"나는 원래 대충하는 것을 싫어하는 칼 같은 성격이다. 앞으로 잘할 수 있겠느냐?"

보필 형제는 그 자리에 부복하여 우렁차게 외쳤다.

"주군께 목숨을 바치겠습니다!"

독고풍은 우문창이 들으라는 듯 일부러 위엄있는 목소리로 말을 이었다.

"단 한 번의 실수도 용서하지 않겠다. 내 눈 밖에 나면 그것으로 끝장이다."

"명심하겠습니다!"

"그럼 됐다. 일어나라."

독고풍은 느릿하게 고개를 끄덕이고 나서 이번에는 우문창을 쳐다보았다.

"우문 숙은 명을 받으라."

돌연한 하명에 우문창은 움찔하더니 즉시 그 자리에 납작하게 부복했다.

"하명하십시오."

"우문 숙을 무적방의 장로(長老)로 임명하겠소. 호칭은…음! 호칭은……."

우문창에게도 지위를 주어 아예 입막음을 하려는데 호칭에서 막혀 버렸다.

기댈 곳이라곤 은예상뿐이라서 독고풍은 얼른 그녀를 돌아보았다.

은예상은 부드러운 미소를 지으며 봄바람 같은 목소리로 독고풍의 고민을 풀어주었다.

"무적군부(無敵軍父)가 좋겠군요."

그녀도 우문창이 마음에 들었던 터라 '군부' 라는 굉장한 호칭을 생각해 냈다. '군부' 란 무적방 전체 고수들의 아버지 같은 존재라는 뜻이다.

독고풍은 '무적군부' 라는 호칭이 마음에 쏙 들었다. 그는 무릎을 치면서 격절탄상(擊節嘆賞)했다.

"무적군부! 훌륭한 이름이로군! 지금부터 우문 숙은 무적군부로서 나를 이끌어주시오!"

우문창은 전대 대마종 휘하에서도 아무런 지위 없이 측근에서 대마종을 음양으로 돕기만 했었다. 그래서 제이대 대마종에게도 그럴 생각이었다.

그런데 일이 너무 빠르게 진행되고 있었다. 이쯤에서 제동을 걸지 않으면 본의 아니게 일선에 나서게 될 것 같았다.

"주군."

"자! 모두들 무적군부에게 인사해라."

우문창이 입을 열려는데 독고풍이 큰 소리로 말하면서 또다시 선수를 쳤다.

제일 먼저 단예소가 의자에서 일어나 우문창에게 다가와 미소를 지었다.

"우문 숙, 아무쪼록 풍아를 잘 이끌어주세요."

"대부인……."

우문창이 어쩔 줄 몰라 하는데 이번에는 은예상과 적멸가인이 다가와 살며시 고개를 숙였다.

"저희 풍 랑의 두 아내는 우문 숙께서 무적군부가 되신 것을 진심으로 경하드립니다."

동마영 원진에게서 은예상과 적멸가인이 독고풍의 두 부인이라는 얘기를 들은바 있는 우문창은 적잖이 당황하여 급히 허리를 굽혔다.

"두 분 주모. 속하는……."

원진은 이제 자신들이 나서서 쐐기를 박아야 할 때라고 판단했다. 종이 무엇인가? 주인이 원하면 무엇이든 돕는 것이 본분이다.

그는 다른 삼마영에게 눈짓을 보내고는 네 명이 함께 우문 창을 향해 포권지례를 하며 가볍게 고개를 숙여 보였다.

"무적군부, 격하(格下)를 축하드리오."

"당신들……."

우문창은 무적사마영마저 동조를 하자 어이없다는 표정을 지으며 그들을 쳐다보았다.

별채에는 술자리가 마련되어 있었다.

지금은 술시(戌時:밤 8시).

독고풍은 술자리가 벌어지기 직전까지 수십 통의 서찰을 읽었다.

혈오가 서장에서 대천신등을 감시하면서 보내온 서찰들이 다.

서찰들에는 십팔 년 전부터의 대천신등의 동향이 상세히 기록되어 있었다.

독고풍은 서찰들을 한 글자도 빠뜨리지 않고 꼼꼼히 읽었 으며 은예상과 적멸가인도 함께 읽으면서 그가 쉽게 이해할 수 있도록 도와주었다.

그로써 세 사람은 대천신등에 대해서 새로운 사실들을 많 이 알게 되었다.

그러나 무엇보다도 중요한 두 가지 사실이 있었다.

첫째, 대천신등의 세력이 과거 이십여 년 전과는 비교할 수
도 없을 정도로 막강해졌다는 것.

둘째, 대천신등의 중원 재침공이 임박하다는 사실.

우문창을 무적군부로, 보필 형제를 심복으로 맞이한 것 때
문에 기분이 고조됐던 독고풍은 서찰들을 읽고 난 후 가슴이
납덩이처럼 무거워졌다.

아무리 낙천적이고 천방지축 성격인 그이지만 대천신등이
라는 거대한 괴물의 짙은 그림자를 떨쳐 버리기 어려웠다.

술상은 독고풍이 언제나 고집하는 둥글고 큰 탁자에 온갖
미주가효가 가득 차려져 있었다.

하지만 둘러앉은 사람들은 아무도 술이나 요리에 손을 대
지 못했다.

독고풍이 굳은 표정으로 깊은 생각에 잠겨 있었기 때문이
다.

중인은 그가 혈오의 서찰들을 읽었으며, 그래서 마음이 심
란하다는 사실을 알고 있다.

둥근 탁자 둘레에는 독고풍과 좌우에 은예상과 단예소, 그
리고 은예상 옆에 적멸가인이, 그 옆으로는 우문창과 그의 두
아들 보필 형제, 단예소 옆으로는 냉운월과 무적사마영이 늘
어 앉아 있었다.

혈오는 더 이상 보고할 것이 없었다. 자신이 십팔 년 동안

보낸 수십 통의 서찰에 대천신등 동향에 대한 모든 것이 적혀 있기 때문이었다.

지금은 다만 그것에 대해서 심사숙고하여 앞으로 무적방의 행보를 결정해야 할 때이다.

술을 마시기보다는 모두들 독고풍이 말문을 열기를 기다리고 있었다.

그래야지만 당금 현안에 대해서 긴밀한 논의를 할 수 있기 때문이다.

그리고 드디어 독고풍이 담담한 목소리로 첫마디를 꺼냈다.

"자! 다들 술 마시자."

여자들을 제외한 무적사마영과 우문창, 보필 형제의 얼굴에 놀라듯 어이없다는 표정이 가볍게 떠올랐다.

독고풍의 분위기 전환이 너무 빨랐기 때문이다.

모두들 쳐다보고 있는 가운데 독고풍은 술잔을 비우고 빈 잔을 내려놓았다.

그 짧은 동작에 그의 굳었던 표정이 평소의 느긋한 얼굴로 되돌아와 있었다.

은예상이 그의 빈 잔에 공손히 술을 따르면서 자늑자늑하게 입을 열었다.

"술이 여러 순배가 돌면 굳었던 마음이 풀리고 머리가 맑아질 것입니다."

독고풍에게 한 말처럼 들리지만 사실 모두 들으라고 한 말이었다.

그녀의 말처럼 지금 좌중은 많이 경색되어 있었으며, 또한 다들 긴장해서 두뇌 회전이 원활하지 않은 상태였다.

그런데 원래 술은 사람의 긴장을 풀어주고 굳은 두뇌를 풀어주는 역할을 한다고 알려져 있다.

모두들 은예상의 현명함에 속으로 감탄하면서 조심스럽게 술을 마시기 시작했다. 모두들 스스로 긴장하고 있다고 생각하는 것이다.

하지만 독고풍과 여자들을 제외한 사람들은 망자재배(芒刺在背), 즉 가시를 등에 지고 앉아 있는 것처럼 마음이 조마조마하기 짝이 없었다.

술자리를 마련하기 전에 은예상은 우문창에게 독고풍의 술 마시는 습관에 대해서 말해주었다.

말하자면 격식이나 상하 지위를 가리지 않고 편안한 것을 좋아한다고 말이다.

오랫동안 독고풍을 지켜본 원진도 그렇더라고 거들었다.

그래서 우문창은 이런 술자리를 마련하기는 했으나 하늘 같은 주군과 대작을 하자니, 술을 마시는 것인지 독주를 마시는 것인지 모를 지경이었다.

그가 비록 전대 대마종의 벗이라고는 하지만 그것은 어디까지나 독고중천의 일방적인 생각이었을 뿐, 우문창은 항상 수하로서의 자세를 잃지 않았었다.

독고풍은 서서히 취기가 오르자 한 팔로 은예상의 어깨를 부드럽게 감싸며 주문했다.

"상아, 노래 한가락 해라."

"네."

느닷없이 노래라니, 이번에는 독고풍과 은예상, 냉운월을 제외한 모든 사람들이 갑자기 딸꾹질을 할 것 같은 표정을 지으며 놀랐다.

더구나 은예상은 노래를 부르라는 독고풍의 말에 준비라도 하고 있었다는 듯이 대답을 하지 않는가.

아니, 비단 대답을 했을 뿐 아니라 즉시 장미 꽃잎처럼 붉은 입술을 열어 노래를 시작했다.

"구름이 걷히니 산머리 푸르고, 연꽃이 피니 물빛이 붉도다[雲捲山頭碧蓮開水面紅]~"

한겨울에 꽁꽁 얼었던 계류가 녹기 시작해서 조그만 자갈 사이로 졸졸 흘러내리는 듯 맑고 영롱한 목소리가 조용하게 실내를 흔들었다.

은예상의 노래는 너무도 아름다워서 듣는 사람의 심금을 울리고 영혼을 흔들기에 부족함이 없었다.

독고풍과 냉운월은 마치 아편이라도 한 것 같은 표정을 지으면서 지그시 눈을 감고 노래를 음미했다.

애초에 독고풍이 아무렇게나 만든 노래 오악가는 그것을

알고 있는 사람들에게는 신비한 힘을 발휘한다.

노래를 부르고 듣는 사람들을 모두 한 가족으로 묶어주는 것이다.

그리고 또 마음이 푸근해지고 무한한 신뢰감이 생성된다.

어떤 이유에선지는 모르지만 항주성 황룡표국에서 독고풍이 오악가를 처음 부를 때부터 그랬었다.

두 번째 소절부터는 냉운월이 주먹 쥔 손을 위아래로 흔들면서 씩씩하게 따라 불렀다.

"옅은 구름은 은하수를 지나고 가랑비는 오동나무를 적시도다[微雲過河漢疎雨滴梧桐]~!"

사람들은 눈을 동그랗게 뜨고 은예상과 냉운월을 번갈아 쳐다보았다.

노래하고는 전혀 어울릴 것 같지 않은 두 사람의 노래는 멋들어진 화음을 이루었다.

노래를 부르고 있는 두 여자는 공통점이 많았다.

우선 자신의 목소리가 어떻든지 상관하지 않았다. 그리고 한없이 즐거운 표정이다.

그녀들의 얼굴에서는 부끄러움도, 경계심도, 지위 같은 것을 찾을 수가 없었다.

손바닥으로 탁자를 두드리며 콧소리를 흥얼거리던 독고풍은 세 번째 구절부터 목청껏 함께 불렀다.

"꽃처럼 아름다운 그대 얼굴은 그려내기 쉽건만, 속 타는 이내 마음은 정녕 그려내지 못하는구나[三分春色描來易 一段傷心畵出難]~!!"

세 사람은 다시 첫 소절로 돌아가 씩씩하게 합창을 했다.

시간이 지날수록 점점 더 흥이 돋우어졌다.

사람들의 얼굴에서는 이제 놀라움과 이상함 같은 것이 사라져 있었다.

대신 가슴이 뜨거워지고 기분이 흥겨워져서 노래를 함께 부르고 싶은 마음을 뿌리치기 힘들게 되었다.

노래가 두 번 반복되자 단예소와 적멸가인은 노래가 세 구절로만 이루어졌다는 사실을 깨닫고 세 번째 노래부터는 함께 부르기 시작했다.

다섯 사람이 부르는 노래는 그칠 줄 모르고 계속됐다.

"구름이 걷히니 산머리 푸르고, 연꽃이 피니 물빛이 붉도다~! 옅은 구름은 은하수를 지나고 가랑비는 오동나무를 적시도다~! 꽃처럼 아름다운 그대 얼굴은 그려내기 쉽건만, 속타는 이내 마음은 정녕 그려내지 못하는구나~!!"

노래 부르는 사람들은 어깨동무를 하고 앉은 자리에서 몸을 들썩거리면서 한껏 흥겨워했다.

공교롭게도 노래를 부르는 사람들은 독고풍을 중심으로 좌우에 나란히 앉은 여자들뿐이었다.

"좋다!"

"얼씨구!"

독고풍과 냉운월이 노래 사이사이에 신명나는 추임새를
곁들였다.

일곱 번째 노래가 끝나갈 무렵쯤에는 노래를 부르지 않고
멀뚱하게 앉아 있는 사람들이 오히려 어색해져 있었다.

그들은 짧은 노래를 이미 다 외워 버렸다. 그리고 따라서
부르고 싶은 충동을 강하게 느꼈다.

결국 여덟 번째에 보필 형제가 쭈뼛쭈뼛 따라 부르기 시작
하더니, 아홉 번째에는 우문창이, 열 번째에는 드디어 무적사
마영도 합세했다.

정말 오악가라는 노래는 신비한 마력을 지니고 있었다.

실내에 있는 모든 사람들은 손뼉을 치던가 손바닥으로 탁
자를 두드리고, 주먹 쥔 손으로 허공을 휘두르면서 추호의 부
끄러움도 느끼지 않고 목청껏 노래를 불렀다.

노래는 끝나지 않을 것처럼 계속됐다. 그 누구도 멈추려 하
지 않았다.

이들은 원래 하나였지만, 노래를 부르고 있는 동안에는 정
말 하나였다. 몸도 하나, 정신도 하나 혼연일체가 되었다.

독고풍과 은예상, 냉운월은 일찍이 오악가를 부르면서 영
혼과 심장과 피가 뜨거워지는 희열과 일체감을 여러 차례 맛
보았었지만 다른 사람들은 처음이다.

너무도 크나큰 희열과 기쁨 때문에, 아니, 설명하기 어려운
그 어떤 신비로움 때문에 단예소와 적멸가인은 급기야 눈물

까지 흘렸다.

그들은 결국 오악가를 무려 삼십여 차례나 부르고 나서야 멈추었다.

만약 독고풍이 두 팔을 번쩍 쳐들며 '그만!'이라고 외치지 않았다면 모두들 목이 쉴 때까지 불렀을 것이다.

"건배!"

독고풍이 잔에 술을 넘치도록 따라서 높이 들어 올렸다.

그러자 모두들 똑같이 잔을 들었다.

그리고 일제히 술을 마셨다.

모두의 얼굴에는 노래를 부르기 전에는 없었던 표정들이 떠올라 있었다.

그것은 마치 문신이나 불로 지져서 새긴, 영원히 지워지지 않는 증표 같은 것이었다.

"하아… 주군, 무슨 노래인데 사람을 이토록 열광시킵니까?"

평소 과묵하기 짝이 없는 우문창이지만 신기하다는 듯 고개를 갸웃거리며 물었다.

독고풍은 벙글벙글 웃었다.

"하하하! 오악가야!"

"오악가……."

"오악도에서 빙염 누님이 술을 마실 때마다 부르던 노래를 내가 이것저것 꿰어 맞춰서 만들었어!"

"오악도는 어디고 빙염 누님은 누굽니까?"

문득 웃고 있는 독고풍의 눈빛이 아스라해졌다. 그가 쳐다보는 허공에 오악도의 황량한 풍경이 정겹게 떠올랐다.

"오악도는 내가 네 마물과 함께 십칠 년 동안 살던 곳이고, 빙염 누님은 사대종사 중 요선마후야."

"아……."

우문필 혼자 나직한 탄성을 흘렸지만 우문창과 우문보 모두 크게 놀라며 감격한 표정을 지었다.

아니, 독고풍이 어떻게 살아왔는지 모르고 있는 적멸가인과 혈오도 놀라는 표정이었다.

단예소와 원진, 조재, 궁의는 난연장에서 독고풍 본인에게 직접 그가 살아온 십칠 년에 대해서 들었지만, 또다시 들어도 처음 듣는 기분이었다.

第七十八章

대천신등의 야욕

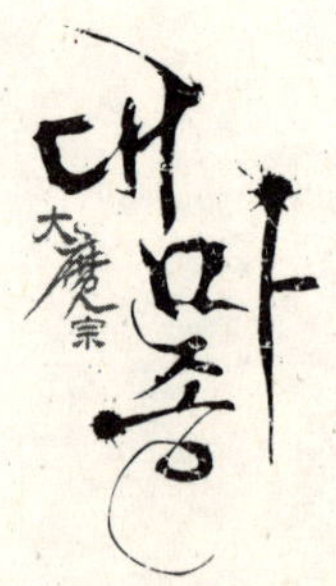

'흥!'

자미룡은 속으로 낮게 냉소를 치면서 운거장을 쏘아보았다.

'나 없이도 즐겁다는 말이지?'

반 시진 전에 그녀는 운거장을 어렵지 않게 찾아왔었다.

냉운월이 무적군을 위해서 번성현 곳곳에 남겨놓은 노부(路符:표식)를 발견했기 때문이다.

그것은 독고풍의 측근이나 무적군 외에는 식별하지 못할 정도로 은밀하다.

하지만 자미룡은 장원에 들어가지 않고 아무도 없는 캄캄

한 담장 밖에서 서성거렸다.

요마낭이 독고풍의 둘째 부인이 되고, 생전 처음 보는 한정이라는 여자가 셋째 부인이 된 것에 대한 화가 아직 풀리지 않았기 때문이다.

그렇지만 그녀는 자신이 독고풍의 곁을 떠나지 못한다는 사실을 너무도 잘 알고 있다.

독고풍 주변의 여자들이 그렇듯이, 그녀 역시 독고풍 없이는 하루도 숨을 쉬고 살 수가 없기 때문이다.

자미룡이 화가 나서 사라졌다고 해서 독고풍이 그녀를 찾아 나설 것이라는 기대는 아예 하지 않는 편이 좋다.

그는 여자 마음을 눈곱만큼도 모른다. 자미룡이 왜 화가 났는지조차도 모르고 있는 것이 분명하다.

그런 그가 자미룡을 찾으러 다니기는커녕 그녀가 없어진 사실을 뒤늦게 알아내기라도 하면 그나마 다행한 일이다.

그런 줄 뻔히 알면서도 자미룡은 제 발로 독고풍 곁으로 가기는 싫었다.

자존심 따위가 아니다. 그를 사랑하기 시작하면서 자존심은 일찌감치 내버렸었다.

독고풍과 함께 생활하려면 자존심이란 것은 한낱 거치적거리는 사치에 불과하다. 오히려 지니고 있으면 독고풍의 곁에서 한시도 붙어 있지 못한다.

자미룡은 조금 더 생각을 정리하고 싶었다.

어떻게 하면 독고풍의 여자, 아니, 아내가 될 수 있는지 궁리를 하려는 것이다.

독고풍이 네 번째, 다섯 번째 아내를 차례로 맞이하는 것을 두 눈 뻔히 뜨고 쳐다보면서 냉가슴을 앓는 것은 이제 죽어도 못할 짓이었다.

'낭아하고 한정이라는 계집애가 대체 오빠에게 무슨 짓을 한 거지?'

배울 수만 있다면 어떤 대가를 치르고서라도 배우고 싶었다.

그때 자미룡은 운거장의 전문 쪽으로 수십 개의 검은 인영이 모여드는 것을 발견하고 급히 몸을 숨겼다.

자세히 살펴보지 않아도 그들이 무적군 고수, 즉 무적전사들이라는 사실을 알 수 있었다.

이제 그녀는 장원에 들어가야 할지 말아야 할지를 결정해야만 한다.

입술을 잘근잘근 깨물면서 잠시 고민하던 그녀는 결국 조금 더 머리를 식혀야겠다고 생각하고 소리없이 그곳을 떠났다.

경험에 의하면, 독고풍은 술을 진탕 마신 상태에서는 쉽사리 그 장소를 떠나지 않았다.

그러므로 최소한 내일 아침까지는 여유가 있을 것이라는 게 자미룡의 생각이었다.

"의견을 얘기해 봐."

오악가를 삼십 회 이상 부르고, 술을 오십 근 이상 마시고 나서 모두들 긴장이 풀어졌을 때 독고풍이 여태까지의 말투를 바꾸지 않은 채 입을 열었다.

"태풍이 지나갈 때까지 산중도(山中島)에 칩거하면서 힘을 비축하는 것이 좋아요."

독고풍하고의 술자리에 익숙해져 있는 냉운월이 젓가락으로 요리를 뒤적거리면서 제일 먼저 자신의 의견을 말했다.

산중도라는 것은 설란요백이 찾아낸 절강성 천대산 깊은 산속에 있는 은신처다.

그녀는 무적방 전원이 그곳에서 생활할 수 있는 만반의 준비를 갖추어놓았다.

사실 냉운월의 말은 누구나 느끼는 제일감(第一感)이었다.

독고풍은 전대 대마종의 아들이며 제이대 대마종이다.

또한 무적방은 전체 사독요마를 대표하는 총체적인 방파다.

대마종과 사독요마는 과거에 진명유림으로부터 처절한 배신을 당했으며, 탕마령이 발동되어 필설로 설명하기 어려울 정도의 박해를 받았다.

그러므로 중원무림이 누란지위(累卵之危)에 처하게 됐어도 하등 신경을 쓸 일이 없다.

오히려 중원무림이 철저하게 짓밟혀 버렸으면 좋겠다고 생각해야 정상이다.

어느 면으로 봐도 방금 냉운월이 말한 것 말고는 지금 무적방이 취할 다른 방법이 있을 수가 없었다.

하기야 다른 의견이 있다면 그것이 오히려 이상할 터이다.

좌중은 냉운월의 말에 동조하는 분위기다. 보필 형제와 조재, 혈오, 궁의는 보일 듯 말 듯 고개를 끄덕였다.

다만 적멸가인 혼자만이 술잔을 만지작거리면서 깊은 생각에 잠겨 있었다.

무적사마영과 우문창은 독고풍이 과거 일대 대마종하고는 조금 다르다는 것을 느꼈다.

전대 대마종은 거의 모든 것을 혼자 결정했었다.

그런데 독고풍은 측근들의 의견을 묻고 있는 것이다.

그 이유가 혼자서 결정을 내릴 만한 능력이 부족하기 때문인지, 아니면 측근들의 의견을 취합해서 결정을 내리려는 현명함인지는 모를 일이다.

얼마 전까지만 해도 독고풍 역시 전대 대마종처럼 모든 일을 독단으로 결정하고 처리했었다.

그런데 그의 독선에 가장 큰 영향력을 끼친 사람은 누가 뭐래도 은예상이었다.

그녀는 언제나 독고풍 곁에 그림자처럼 붙어 있다. 그렇지만 그녀는 독고풍을 변화시키려고 시도한 적이 한 번도 없었으며, 그래야겠다는 생각조차 한 적이 없었다.

그럴 필요가 없었다. 독고풍의 있는 그대로를 진심으로 사랑하고 있기 때문이다.

전대 대마종과 독고풍이 다른 점을 하나 더 꼽는다면 자신들의 아내에 대한 신뢰라고 할 수 있다.

전대 대마종 독고중천은 단예소를 사랑했었지만 신뢰하지는 않았다. 그녀의 지식이나, 의견 같은 것을 말이다.

하지만 독고풍은 은예상을 사랑하고 있으면서 또한 그녀를 전적으로 신뢰한다.

그녀가 하는 말이라면 무조건 믿고 그대로 실행하기를 주저하지 않는다.

그러면서 독고풍 자신도 모르는 사이에 차츰 변해갔다. 그것은 배움이라고 해야 옳았다.

그렇게 차츰 그는 독선이 사라지면서 중용(中庸)을 깨닫게 된 것이다.

또한 그렇게 해서 얻어진 결과가 독선으로 얻은 결과보다 훨씬 낫다는 사실이 그를 매우 고무시켰다.

지금 그는 어느 누구의 형편없는 말이라도 기꺼이 들을 준비가 되어 있었다.

"다른 의견은 없나?"

독고풍은 좌중을 둘러보았다.

필경 무적사마영은 아무 말도 하지 않을 것이다. 좋은 주인에게 충고나 조언을 하지 않는 법이므로.

독고풍의 시선이 중인을 천천히 훑다가 이윽고 우문창의 얼굴에 고정됐다.

어떻게 감지했는지는 모르지만, 그가 할 말이 있다는 것을 직감한 것이다.

독고풍과 시선이 마주친 우문창은 자신이 생각하고 있는 바를 말하지 않을 수 없게 되었다.

그는 예상하지 못했던 독고풍의 예리함에 내심 적이 감탄하면서 공손히 말문을 열었다.

"주군, 지금은 힘을 기르고 비축해야 합니다."

독고풍은 가볍게 고개를 끄덕여서 우문창이 말을 계속하라는 시늉을 했다.

"정보에 의하면, 대천신등이 지난 이십여 년 동안 새로 정비하고 강화시킨 대천십등의 수가 무려 이십오만 육천육백 명이라고 합니다. 본 방은 그에 대비해야 합니다."

혈의가 보내온 서찰들을 우문창도 읽었다.

그것에 의하면, 대천신등은 거느리고 있는 대천궁과 변황삼세, 새외사벌의 전 고수들을 이십 년 동안 육성하고 고도로 단련시켜서 대천십등 이십오만 육천육백 명의 중원정벌총군(中原征伐總軍)을 만들었다고 한다.

중원정벌총군의 세부도는 다음과 같다.

십등(十等) 십살흑풍(十殺黑風) 십만.

구등(九等) 구탈사수(九奪死手) 오만.

팔등(八等) 팔혼낭차(八魂狼叉) 사만.

칠등(七等) 칠비혈귀(七飛血鬼) 삼만.

육등(六等) 육강잔도(六鋼殘刀) 이만.

오등(五等) 오마추명(五魔追冥) 일만.

사등(四等) 사악염사(四惡閻士) 오천.

삼등(三等) 삼철혈왕(三鐵血王) 일천.

이등(二等) 이황무존(二荒武尊) 오백.

일등(一等) 일절신제(一絶神帝) 일백.

우문창이 심각한 내용을 말하고 있지만 지금껏 화기애애하게 유지해 온 좌중의 분위기에는 영향을 끼치지 못했다. 오악가와 술의 힘은 역시 컸다.

"대천신등은 이십여 년 전에 비해서 휘하 세력을 두 배 반 이상이나 불렸습니다."

모두들 편안한 자세와 푸근한 표정으로 우문창의 설명을 듣고 있었다.

"이십구마영이 보내온 서찰을 속하가 면밀히 분석한 결과, 현재의 대천신등은 이십여 년 전에 비해 다섯 배 정도 막강해졌습니다. 그것은 수적으로 두 배 반 많아졌고, 실력으로 두 배 반 강해졌다는 뜻입니다."

"자! 다들 한 잔 하자!"

독고풍은 우문창이 말을 멈춘 틈을 이용해서 자신의 술잔을 들어 올렸다.

건배 제창에 단예소까지 한 명도 빠짐없이 술잔을 들어 단숨에 마셨다.

무적사마영의 궁의나 혈오, 우문창, 보필 형제는 독고풍에 대해서 자세히 모르기 때문에 그를 조금이라도 더 알기 위해서 그에게서 한시도 시선을 떼지 않았다.

지금까지 봐온 것에 의하면, 그들의 주군이며 주인은 대체적으로 합격점이었다.

썩 만족할 만한 성품이나 지도력 같은 것은 아직 보여주지 않았으나, 묘한 매력을 느끼고 있었다.

우문창의 분석은 정확했다. 과연 무적방의 하나뿐인 장로 무적군부다웠다.

"대천신등이 중원을 재침공할 경우 기적이 일어나지 않는 한 중원은 전멸하여 대천신등의 수중에 떨어지고 말 것입니다. 물론 본 방은 수수방관할 것입니다."

"수수… 뭐?"

보필 형제의 얼굴빛이 약간 흐려졌다. 독고풍의 무식함을 발견한 것이다.

독고풍은 창피함을 모른다. 모르는 것이 있으면 누구에게라도 묻고, 쥐뿔이라도 알면 신나게 잘난 체를 한다.

"본 방이 대천신둥의 중원 침공을 모른 체한다는 뜻입니다."

"그렇군. 계속하게."

독고풍은 처음에는 우문창에게 존대 비슷하게 하더니 어느새 '하게'를 하고 있었다.

우문창의 얼굴이 조금 더 진지해졌다.

"대천신둥이 과거에 비해서 다섯 배 막강해졌으나 당금 중원무림은 과거보다 훨씬 약해진 상태입니다."

냉운월이 비아냥거리듯 덧붙였다.

"탕마령을 발동해서 사독요마를 때려잡고 힘없는 사람들 고혈을 빨아먹느라 힘을 낭비해서 그렇겠지요."

그녀는 얼마 전까지만 해도 비록 소문파이긴 하지만 명문인 숭검문 사람이었으나, 지금은 어느 누구보다도 정파를 혐오하는 마도인이 되었다.

그녀의 말에 적멸가인은 씁쓸한 표정을 지었다. 냉운월의 말에 충분히 공감하기 때문이다.

적멸가인은 진명유림이나 정협맹에 대한 미련이나 안타까움 같은 것은 눈곱만큼도 없다.

다만 정협맹이나 대동협맹을 철석같이 믿고 있는 수많은 무림인과 아무것도 모른 채 생업에 종사하고 있는 백성들이 불쌍할 따름이다.

우문창이 결론을 내리듯 여태까지보다 조금 더 진중하게

말을 이었다.

"대천신등이 침공하면 진명유림은 반년도 버티지 못하고 일패도지(一敗塗地)할 것입니다. 그러므로 본 방은 깊이 은거하여 힘을 기르고 있다가 싸움이 끝난 후를 도모해야 할 것입니다."

그때 혈오가 처음으로 입을 열었다.

"소인이 서장을 출발하기 직전에 확인한 대천신등의 상황을 말씀드리겠습니다."

그녀는 여전히 무심한 표정이지만, 중인은 그녀가 지금부터 하게 될 말이 굉장한 무게를 지닐 것이라 직감하고 적잖이 긴장했다.

혈오는 독고풍을 보며 공손히, 그러나 예의 쇠끼리 부딪치는 듯한 목소리로 말했다.

"대천십등 이십오만 육천육백 명이 출진 준비를 끝냈습니다. 그들은 명령이 떨어지면 한꺼번에 해일처럼 중원으로 밀려올 것입니다."

그러자 좌중이 무덤 속 같은 무거운 침묵으로 가라앉았다.

오악가와 술로 인해서 화기애애했던 분위기는 자취를 감추어버렸다.

쪼르르.

은예상이 독고풍의 빈 잔에 술을 따르는 맑은 소리가 침묵을 깼다.

그녀만큼은 지금 분위기에 휘둘리지 않고 있다는 뜻이다.

"이상하군."

독고풍이 술잔을 들며 고개를 갸웃거렸다.

"우문 숙, 대천신등이 그 정도로 강하다면 본 방이 나서도 어떻게 안 되겠지?"

우문창은 길게 생각하지도 않고 대답했다.

"그럴 것입니다. 현재 중원무림의 전력을 쏟아부어도 대천신등을 막는 것은 역부족일 것입니다."

"예상해 봐."

독고풍은 누구에게랄 것도 없이 주문했다.

"우리를 포함한 중원무림 전체 세력을 전멸시키려면 대천 십등 세력의 얼마 정도가 필요할까?"

잠시 침묵이 이어졌다. 우문창과 원진이 눈도 깜빡이지 않은 채 머릿속으로 계산을 했다.

그리고 먼저 대답한 사람은 원진이었다.

"사 할이면 충분합니다."

그의 말에 독고풍과 우문창을 제외한 모든 사람이 크게 놀라는 표정을 지었다.

우문창이 무겁게 중얼거렸다.

"오 할은 될 줄 알았는데 사 할이로군. 하지만 당신 계산이면 정확할 것이오."

독고풍은 슬쩍 미간을 좁히며 빈 잔을 은예상에게 내밀

었다.

"사 할이면 충분히 중원무림을 쓸어버릴 수 있는데, 무엇 때문에 십 할씩이나 필요한 거지?"

"이십 년 전에 쓴맛을 봤기 때문에 이번에는 완벽하게 중원을 집어삼키려는 것이 아니겠습니까?"

"아냐."

우문창의 말에 독고풍은 고개를 가로저었다.

"혈오의 서찰에 의하면, 대천신등은 중원무림 곳곳으로 천 명에 가까운 첩자들을 보냈다고 했어. 그것은 놈들이 중원무림을 속속들이 알고 있다는 뜻이지."

"그렇습니다."

"그러니까 놈들도 우리처럼 중원무림을 전멸시키는 데 대천십등의 사 할이면 충분하다는 계산을 했을 거야."

"음!"

"사 할로도 안심이 안 되면 일 할 정도만 더 보태면 돼."

우문창의 얼굴빛이 흐려졌다.

독고풍의 말뜻을 알아들은 그는 과연 대천신등이 무엇 때문에 지나칠 만큼 과도한 세력을 보내려는 것인가에 대해서 곰곰이 생각해 보았다.

하지만 독고풍은 우문창이 말귀를 알아듣지 못하는 것이라고 여겼다.

그래서 손을 길게 펼쳐서 한 뼘을 만들어 보이면서 그를 이

해시키려고 애썼다.

"닭을 잡는 데에는 요만한 칼이면 돼."

이어서 궁의가 어깨에 메고 있는 커다란 언월도(偃月刀)를 가리켰다.

"그런데 저만한 칼로 닭을 잡으면 닭이 뭉개지고 말아. 뭉개진 닭은 먹을 것이 없어. 바보가 아닌 이상 그런 어리석은 짓을 하진 않지."

할계언용우도(割鷄焉用牛刀)라는 어려운 문자는 모르지만, 뜻은 알고 있는 독고풍이었다.

"대천신등이 나머지 오 할의 세력으로 무엇을 할 것이냐는 것이 문제지."

"설마……."

그것에 대해서 생각하고 있던 우문창이 갑자기 적잖이 놀라는 표정으로 중얼거렸다.

모두의 시선이 자신에게 집중된 것도 모르고 그는 자리를 박차고 벌떡 일어섰다.

"맙소사!"

자신이 방금 떠올린 그 생각이 거의 확실하다고 믿게 되었기에 망연자실해 버린 것이다.

모두들 동작을 멈추고 우문창을 주시했다.

우문창은 큰 충격을 받은 듯 한동안 우두커니 서 있다가 이윽고 정신을 차리고 선 자세에서 독고풍을 바라보며 무겁게 말문을 열었다.

"대천신등이 원하는 것은 중원무림이 아닙니다."

독고풍은 의아한 표정을 지었다.

"중원무림이 아니라고?"

"천하입니다."

그 말에 모두의 안색이 홱 급변했다.

하지만 독고풍은 여전히 알아듣지 못했다.

"무림이나 천하나 그게 그거지, 무슨……."

탁!

우문창은 두 손으로 탁자를 짚고 열뜬 얼굴로 설명했다.

"주군, 대천신등은 중원무림뿐만 아니라 대명제국(大明帝國)마저도 전멸시켜서 대륙 전체를 집어삼키려는 야욕을 품고 있는 것이 분명합니다."

독고풍은 그제야 무림과 천하의 차이를 깨닫고 나직이 중얼거렸다.

"대명제국을?"

퐁!

작은 조약돌이 포물선을 그으며 날아가 캄캄한 강물에 떨어지면서 맑은 소리를 냈다.

자미룡은 한수강 언덕 중간쯤에 앉아서 조약돌을 강물에 던지며 시름을 달래고 있었다.

그녀는 반 시진 전부터 이곳에서 백여 개 이상의 조약돌을
강물에 던졌다.

조약돌을 한 번 던질 때마다 생각을 했다. 하지만 똑같은
생각이다.

백아홉 개째 조약돌을 던지고 나서, 그녀는 똑같은 생각을
백아홉 번 하고는 마침내 결심을 했다.

‘좋아! 하겠어!’

사실은 생각이라기보다는 할까 말까를 망설이다가 끝내는
결심을 했다는 말이 옳았다.

‘오빠하고 단둘이서 술 진탕 마시고 나서 옷을 죄다 벗고
알몸이 되어 무조건 하자고 덤벼드는 거야. 낭아, 그것도 분
명히 그랬을 거야.’

자미룡 딴에는 대단한 결심이었다.

그렇지만 아무리 생각해 봐도 그것밖에는 방법이 없었다.
더구나 그녀가 알고 있는 독고풍은 여색이라면 환장을 하는
호색한이 아닌가.

‘오빠는 지금쯤 술이 잔뜩 취했을 테니까 할 말이 있다고
방으로 끌고 들어가서 함께 진탕 술을 마신 후에 그냥……’

자미룡의 눈이 샛별처럼 반짝 빛났다.

‘덮치는 거야.’

자미룡은 독고풍과 닮은 점이 몇 개 있는데, 그중 하나가
단순하다는 것이다. 그리고 결정을 내리면 곧바로 실행에 옮

긴다는 것이다.

'간다!'

그녀는 손에 쥐고 있던 조약돌을 강을 향해 던지려고 하면서 벌떡 몸을 일으켰다.

아니, 그런데 그녀는 일어서지 못했다. 그리고 조약돌을 던지지도 못했다.

그 대신 그녀는 앉아 있던 자세를 더 납작하게 낮추고 호흡과 맥박을 정지시켰다.

강둑 위 양쪽에서 각각 한 명씩 두 명이 자미룡이 앉아 있는 강둑 위쪽으로 쏘아오고 있었다.

두 흑영이 마주 보고 달려오는 동안 자미룡은 아주 천천히 추호의 기척도 내지 않고 상체를 틀어 위를 향해 엎드리는 자세를 취했다.

두 흑영은 정확하게 자미룡이 있는 곳에서 이 장 거리의 강둑 위에서 멈췄다.

두 흑영과 자미룡 사이 이 장 거리는 가파른 비탈로써 무릎 정도 높이의 마른풀들이 무성했다.

그렇지만 두 흑영이 아래쪽을 조금 자세히 살피기만 하면 자미룡의 모습을 금세 발견할 수 있을 터이다.

"운거장의 상황은?"

당하 상류 쪽에서 달려온 흑영이 진흙을 발로 짓이기는 듯한 칙칙한 목소리로 물었다.

‘운거장?’

자미룡은 의아한 표정을 지었다. 운거장이라면 독고풍과 일행들이 묵고 있는 장원이다.

어째서 생전 처음 보는 자들이 운거장을 들먹이고 있는 것인지 궁금했다.

그녀는 마른 풀잎 사이로 그들을 주시했다. 풀잎에 가려서 얼굴은 보이지 않았으나 그들이 허벅지까지 내려오는 붉은색의 겉옷을 입고 있는 것이 보였다.

밤중에 멀리서 달려오는 것을 보고 홍의를 검은색으로 보았던 것이다.

두 홍의인의 말이 이어졌다.

“얼마 전에 오십여 명의 고수가 도착했다.”

“그들은 누구지?”

“무적방 무적전사들이다.”

듣고 있던 자미룡은 눈을 동그랗게 떴다.

‘저놈들이 무적전사를 어떻게 알지?’

무적군 고수를 ‘무적전사’ 라고 호칭한다는 것은 무적방 사람만 알고 있는 사실이다.

“운거장에 혈풍신옥이 있는 것은 분명한가?”

“그렇다. 그의 여자들과 삼십육마영 중에 네 명, 운거장주와 이십여 명의 고수들이 더 있다.”

자미룡은 아연실색했다.

‘저놈들이 대체 누구기에…….’

“습격은 언제인가?”

“팔혼낭차 천 명이 보강되는 즉시 습격한다는 것이 팔등주님의 계획이시다. 아마 자정쯤 되겠지.”

징그럽고 나직한 웃음소리가 이어졌다.

“호호호, 혈풍신옥과 측근들을 한꺼번에 몰살시킬 수 있다니, 서장에서부터 그 계집을 미행해 온 보람이 있군.”

“나는 다시 운거장으로 돌아가 감시를 계속할 테니 너는 즉시 팔등주님께 이 사실을 알려라.”

그 말을 끝으로 자미룡이 눈도 깜빡이지 않은 채 주시하고 있는 가운데 두 홍의인이 좌우로 갈라져서 왔던 길로 바람처럼 달려가기 시작했다.

자미룡은 그 자세를 그대로 유지하면서 갈등했다.

이 사실을 한시바삐 독고풍에게 알려서 습격에 대비하도록 해야 한다.

그렇지만 저들이 누구인지, 팔등주라는 자는 누구고, 팔혼낭차라는 것은 또 무엇이기에 독고풍 일행을 급습하려는 것이며, 어디에 모여 있는지를 알아내는 것도 중요하다.

“어떻게 하지?

강 상류 쪽으로 달려간 홍의인은 이미 삼십여 장 밖을 빠르게 쏘아가고 있었다.

조금만 더 지체한다면 놓치게 될지도 모른다는 불안감이

엄습했다.

놈들은 자정쯤에 급습을 한다고 했다. 자정까지는 아직 한 시진 반 정도 시간이 있다.

팔등주나 팔혼낭차라는 자들은 그리 멀지 않은 곳에 모여 있을 것이다. 습격자들이 목표물 근처에 은둔해 있는 것은 상식이다.

그렇다면 놈들에 대해서 알아보는 데 한 시진이면 충분할 테고, 그다음에 운거장에 알려도 늦지 않을 것이라는 생각이 들었다.

결정을 내린 자미룡은 상류 쪽으로 이미 백여 장 이상 멀어지고 있는 홍의인을 추격하기 시작했다.

쉬이이―

그녀가 전개하는 경공은 독고풍에게 배운 삼절마제의 절세신법 섬신비다.

비록 오성밖에 연마하지 못했지만 어떤 경공보다 쾌속했다. 특히 뛰어난 점은, 추호의 파공음이나 기척도 나지 않는다는 것이다.

第七十九章
무적금위대(無敵禁衛隊)

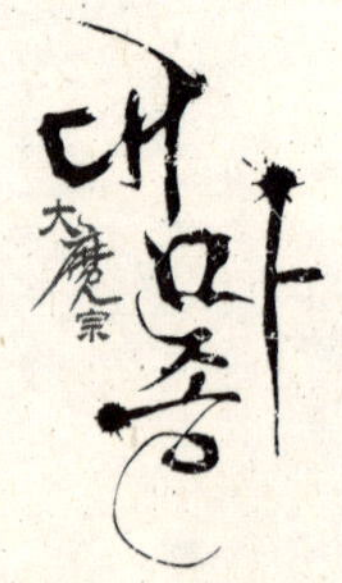

"**주**군의 호위를 강화해야겠습니다."

그런 우문창의 직언을 독고풍은 반 시진 전에 들었다.

그는 그런 뜻을 동마영 원진이 우문창에게 넌지시 말했다는 사실을 모르고 있었다.

원진은 중천방과 무당파가 난연장을 습격하려 했고, 대천신등 팔혼낭차의 급습에 요마낭이 변을 당한 것이 독고풍과 부인들에 대한 호위가 허술했기 때문이라고 진단했다.

사실 세 명의 호위인 요마낭과 자미룡, 냉운월은 독고풍의 곁에 붙어 있고 싶어서 안달이 난 '미녀대' 정도일 뿐이지, 막상 대규모 습격을 당하게 되면 오히려 독고풍의 보호를 받아야 할 것이다.

그러니 그녀들은 그저 빛 좋은 개살구인 것이다.

독고풍은 예전 같으면 호위 따위는 귀찮다고 손을 내저었겠지만 요마낭 일과 중천방, 무당파의 습격을 겪고 나서는 생각이 바뀌었다.

자신보다는 어머니와 여자들을 보호해야겠다는 생각이 절실하게 들었기 때문이다.

지금 독고풍의 앞에는 열아홉 명의 무적전사가 두 줄로 늘어서 있다.

무적방주의 호위인 무적금위대(無敵禁衛隊)로 선발된 사람들이다.

오른쪽에서부터 냉운월, 탈혼검 강조, 마랑도, 석중명, 당경림, 기개세, 우문보, 우문필 등의 모습이 보였다.

십구 명 중에서 눈에 띄는 인물이 두 명 있는데, 바로 혈인부주인 잔혈부와 귀연혈창보주인 귀혈창랑이다.

잔혈부는 은예상을 납치하려던 사해방 소방주 조진우에게 자신의 수하들을 내주었다.

비록 총혈계를 배신하고 정협맹의 앞잡이가 된 망혼광악의 명령이었다고는 하지만, 잔혈부 자신도 사독요마의 이단아인 혈풍신옥을 내심 증오하고 있었다.

결국 그것 때문에 이후 잔혈부는 균현에게 제압되어 끌려왔다. 하지만 독고풍의 면전에서도 그를 증오하는 마음을 줄 곧 버리지 않았었다.

독고풍은 그를 죽이지 않고 곁에 두어 자신이 어떤 사람인지 살펴보고 판단을 내리게 했다.

결국 잔혈부는 독고풍이 사해방을 괴멸시키는 과정이나, 균현, 설란요백, 구유마혈 등 전대 거물들이 독고풍을 진심으로 따르는 것을 목격했으며, 또한 독고풍이 진정한 마도의 거성(巨星)이라는 사실을 절실히 깨닫고는 크게 감복하여 독고풍에게 무릎을 꿇고 수하가 되기를 자청했다.

귀혈창랑은 무적방이 비무대회를 열었던 안휘성 남부 지역 마안산에 있는 귀연혈창보의 보주였다.

그 당시에 그는 독고풍에게 수하로 거두어 달라고 간청을 했으며, 독고풍은 그 기회에 귀연혈창보를 비롯한 같은 처지에 놓여 있는 사독요마 방, 문파들을 받아들여 은밀한 장소에서 사대종사의 이급 무공을 가르쳐 왔다.

귀혈창랑은 얼마 전에 무적군 서열 이위인 강조의 시험을 통과하여 무적군에 편입되었다.

다른 사람들보다도 특히 잔혈부와 귀혈창랑은 자신들이 방주의 최측근 호위인 무적금위대가 된 것에 대해서 크게 감격하고 있었다.

위에 열거한 열한 명 외에 여덟 명은 냉운월과 강조, 기개세가 직접 뽑은 무적전사 최고수들이다.

그리고 이 자리에는 없지만 자미룡도 무적금위대에 선발

됐다. 그녀까지 이십 명인 것이다.

무적금위대가 생기면서 독고풍의 기존 호위였던 자미룡과 냉운월, 요마낭은 자연히 흐지부지됐다.

강조와 기개세 등은 오랜만에 보는 독고풍의 얼굴에서 시선을 떼지 못하고 얼굴에는 반가운 기색이 역력했다.

그중에서도 석중명과 당경림은 너무 반가워서 거의 울 것 같은 표정이었다.

독고풍이 무가내였던 시절에 무림에 출도하여 항주성 황룡표국에서 처음 만난 사람이 석중명이다.

그 당시에 두 사람은 친구 사이였으며, 석중명은 아무것도 모르는 독고풍에게 많은 것을 가르쳐 주었었다.

당경림은 독고풍이 쟁자수였을 때 그의 상급자인 표두였다.

그는 어떤 면에서 석중명보다 더 가까이에서 독고풍을 지켜보고 또 많은 것들을 가르쳤다.

독고풍은 무림이나 중원 생활의 거의 대부분을 석중명과 당경림에게 배웠다고 해도 과언이 아니었다.

독고풍은 십구 명을 한 명씩 일일이 쳐다보고 나서 뒷짐을 지고 한 걸음 뒤로 물러섰다.

그의 좌우에는 은예상과 적멸가인이, 그리고 뒤에는 무적사마영이 없는 듯이 나란히 서 있다.

은예상 쪽 두어 걸음 떨어진 곳에 서 있던 우문창이 이윽고 공손히 입을 열었다.

"혹시 주군께서 무적금위대 대주로 염두에 두고 계신 자가 있습니까?"

그 말에 끝에서부터 나란히 서 있는 냉운월과 강조, 기개세, 세 사람의 얼굴에 긴장이 물들었다.

그 긴장감은 자신이 무적금위대주가 돼야 한다는 간절함인 동시에 자신감이었다.

이들 중에서 냉운월은 독고풍의 제일 측근이고 얼마 전까지만 해도 요마군장이라는 막강한 신분이었다.

그러므로 누가 보더라도 그녀가 무적금위대주가 될 가능성이 제일 높았다.

강조는 무적군의 무적이전사, 즉 제이인자다. 군장인 독고풍이 무적군을 제대로 다스릴 시간이 없었기 때문에 그가 실질적인 무적군장이라고 해도 과언이 아니었다.

그러므로 독고풍이 강조를 무적금위대주로 지목한다고 해도 이상하게 생각할 사람은 아무도 없다.

자신감으로 치면 십구 명 중에서 기개세가 단연 최고다. 그는 마안산 귀연혈창보에서의 비무대회에서 자신이 실수만 하지 않았으면 무적이전사가 됐을 것이라고 공공연하게 떠들고 다닐 정도였다.

그리고 강조가 무적군을 통솔함에 있어서 가장 껄끄럽고 또한 자주 충돌을 일으키는 인물이 또한 기개세였다.

모두들 기개세가 무적금위대주가 될 가능성은 희박하다고 생각하지만 정작 당사자는 될 수 있다는 자신감으로 충만해 있었다.

그리고 지금 이 자리에 없는 한 사람. 자미룡이야말로 무적금위대주의 가장 유력한 후보라고 할 수 있었다.

그러나 독고풍이 지목한 이름은 전혀 뜻밖이어서 실내의 모든 사람들을 놀라게 만들었다.

"정아, 네가 해보겠느냐?"

그는 자신의 왼편에 서 있는 적멸가인을 쳐다보았다.

독고풍의 뜻하지 않은 말에 사람들이 농담인가 싶어서 그의 얼굴을 쳐다봤지만, 장난스러움은커녕 평소 같지 않은 진지한 표정이었다.

모두의 시선이 적멸가인에게 옮겨졌다. 그녀가 어떤 반응을 보일지 궁금했다.

무적금위대로 선발된 십구 명 중에서 냉운월을 제외한 다른 사람들은 적멸가인을 처음 보기 때문에 그녀가 누군지 전혀 모른다.

그들이 알 수 있는 것은 적멸가인이 독고풍의 곁에 서 있는 것으로 미루어 새로 그의 최측근이 된 여자일 것이라는 추측 정도였다.

또 하나. 수양심이 깊고 고도로 훈련된 무적전사들마저도 그녀를 한 번 보면 쉽사리 시선을 떼지 못할 정도의 절대적인 미모의 소유자라는 것이다.

은예상은 고귀하면서도 우아한 아름다움의 극치를 지녔기 때문에 보는 사람의 넋을 빼앗고 또 감히 범접할 수 없도록 하는 신비한 힘을 지니고 있다.

반면에 적멸가인은 차가우면서도 강인한, 그리고 잘 절제된 아름다움을 지녔다.

또한 은예상이 아담한 체구라면, 적멸가인은 그녀보다 한 뼘 정도 더 큰 늘씬한 체구다.

두 여자가 지니고 있는 아름다움은 서로 극명하기 때문에 누가 더 미인이라고 선뜻 말할 수 없을 듯했다.

하지만 사람들은 온화하고 우아한 아름다움을 더 선호한다.

한겨울 희디흰 눈 속에서 피어난 매화보다는, 온실에서 온갖 정성 속에 피어난 백합을 더 아름답게 여기는 것이다.

어쨌든 적멸가인이 너무 싸늘하기 때문에, 범접하기 어렵다는 점에서는 은예상과 같았다.

중인의 시선을 한 몸에 받고 있으면서도 적멸가인은 표정 하나 변하지 않았다. 그런 시선에 익숙하다는 뜻이다.

이윽고 그녀는 독고풍을 향해 공손히 고개를 숙였다.

"풍 랑의 명을 받들겠습니다."

자르듯이 절제된 목소리는 그녀의 미모와 썩 잘 어울렸다.

적멸가인이 누군지 알고 있는 무적사마영은 무적금위대주

에 그녀가 적격이라고 내심 생각했다.

혈오는 세 명의 동료에게 적멸가인이 자신보다 한 단계 위의 고수라는 사실을 말해주었다.

그렇다면 적멸가인은 현재 무적방 전체에서 무공 면에서 두 번째로 고강한 셈이다.

더구나 독고풍의 이부인이기 때문에 무적금위대주는 그녀를 위한 지위라고 할 수 있었다.

무적금위대 모두의 얼굴에 의아함이 떠올랐다.

그중에서 냉운월과 강조, 기개세의 얼굴에는 실망의 기색이 역력하게 떠올랐다.

특히 한 성깔 하는 기개세는 뺨을 씰룩거리며 곧 터질 것 같은 모습이었다.

급기야 그는 독고풍을 쳐다보면서 손은 적멸가인을 가리키며 카랑카랑한 목소리로 말문을 열었다.

"주군! 저 여자는 누굽니까?"

"갈!"

"무엄하다!"

순간 무적사마영 중에 혈오와 조재가 쩌렁한 호통을 터뜨리며 일제히 기개세를 향해 쏘아갔다.

거리가 가까운 탓도 있지만, 두 사람의 움직임은 흡사 흐르는 빛처럼 빨라서 기개세는 움찔 놀라며 순간적으로 어떻게 해야 할지를 몰랐다.

백오십 년 공력의 기개세지만 이백 년 공력을 상회하는 혈오와 조재의 공격에는 옴짝달싹할 수 없었다.

"물러나라."

그때 적멸가인이 나직이 외치며 혈오와 조재를 향해 슬쩍 섬섬옥수를 뻗었다.

고오—

순간 그녀의 눈처럼 흰 손에서 한줄기 영롱한 빛줄기가 번갯불처럼 뿜어졌다.

혈오와 조재에게서 기개세까지의 거리는 일 장 반이고, 적멸가인과 두 사람까지의 거리는 이 장 반이다.

그런데도 뒤늦게 발출한 적멸가인의 빛줄기가 혈오와 조재의 앞을 가로막을 기세로 쏘아왔다.

만약 무시하고 그냥 쏘아간다면 빛줄기가 두 사람 중에 한 명을 다치게 할 것이다.

그런데 빛줄기를 발견한 우문창과 원진이 흠칫 가볍게 표정이 변했다.

'오행회선강!'

두 사람은 적멸가인이 발출한 빛줄기가 무슨 무공인지 한눈에 간파했다.

빛줄기는 하나지만 그것이 홍, 청, 흑, 황, 백, 다섯 색깔로 이루어졌다는 사실을 눈이 날카로운 두 사람이 발견했던 것이다.

마도의 천마신위강과 함께 무림이대신강이라 불리는 오행회선강이 적멸가인의 손에서 전개된 것을 보고 두 사람은 크게 놀라는 표정을 지었다.

그런데 적멸가인이 발출한 빛줄기, 즉 오행강이 혈오와 조재를 반 장쯤 남겨둔 지점에서 갑자기 두 줄기로 갈라지면서 각각 두 사람을 향해 쏘아갔다.

혈오와 조재는 즉시 물러나지 않으면 자신들이 크게 다칠 것이라는 사실을 직감했다.

두 사람은 오행강을 반격하지 않고 즉시 뒤로 물러나 원래 자신의 자리로 되돌아갔다.

그와 동시에 오행강도 허공중에서 소멸해 버렸다.

혈오와 조재는 반격할 수도 있었으나 상대가 적멸가인이기에 순순히 물러난 것이다.

이 모든 것이 일어난 것에 대한 설명은 길었지만, 사실 눈 한 번 깜빡일 한순간이 벌어지고 끝났다.

모두의 시선이 적멸가인에게 집중됐다.

가장 놀란 사람은 누가 뭐래도 당사자인 기개세고, 그다음이 혈오와 조재였다.

적멸가인은 평소의 냉정한 표정으로 혈오와 조재를 주시하며 입을 열었다.

"이후 내 수하들을 건드리지 마라."

독고풍을 제외한 모두의 표정이 크게 변했다.

그중에서도 기개세가 가장 놀라고 충격을 받았다.

그는 혈오와 조재의 공격에 옴짝달싹도 못했다. 그것을 적멸가인이 구해준 것이다.

더구나 '내 수하를 건드리지 마라' 는 적멸가인의 말은 충격, 그 자체였다.

혈오와 조재는 즉시 적멸가인을 향해 무릎을 꿇고 이마를 바닥에 대며 부복했다.

"용서하십시오."

적멸가인은 가볍게 고개를 끄덕였다.

"일어나라."

그녀의 명에 혈오와 조재는 조심스럽게 일어나 시립했다.

은예상은 무적사마영을 가족처럼 대하고 또 예의로써 대하는 반면 적멸가인은 말 그대로 '종' 처럼 부리고 있었다.

"너, 이리 와라."

적멸가인이 턱으로 기개세를 가리키며 명령하자 기개세는 성큼성큼 걸어와서 그녀 앞에 당당하게 우뚝 섰다.

방금 전에 놀라기는 했지만, 그리고 적멸가인이 그를 구해주기는 했으나 여전히 무적금위대주로서 인정하지 못하겠다는 태도였다.

그는 적멸가인의 얼굴을 빤히 응시하면서 '어디 해볼 테면 해봐라' 는 표정을 지었다.

냉운월과 강조를 비롯한 무적금위대, 즉 무적금위사(無敵

禁衛士)들은 과연 무슨 일이 벌어질는지 흥미로운 시선으로 지켜보았다.

그들은 은연중에 기개세가 자신들의 대표라고 생각하는 분위기였다.

그래서 그를 통해 적멸가인의 사람됨과 진면목을 시험하고 싶은 것이다.

적멸가인은 자신보다 반 뼘쯤 키가 큰 기개세를 똑바로 주시하며 말문을 열었다.

"나는 적멸가인 한정이다."

순간 기개세 얼굴에 커다란 놀라움이 떠올랐으며, 무적금위사들 사이에서 '아!' '엇?' 하는 나직한 탄성들이 어지럽게 터져 나왔다.

대저 적멸가인이 누군가?

전대 정협맹주의 둘째 제자이며, 천하 사독요마에겐 저승사자 같은 존재가 아닌가?

갑자기 장내에 사뭇 냉랭한 긴장감이 감돌았다. 적멸가인이 무슨 이유로 이곳에 있는지는 모르지만, 어쨌든 적 가운데에서도 대적(大敵)이다.

무적금위사들이 노골적으로 적대감을 드러내자 우문창이 가볍게 발을 구르며 꾸짖었다.

"경거망동을 삼가라! 이주모(二主母)이시다!"

순간 냉운월을 제외한 무적금위사 십팔 명은 움찔 놀랐다가 그 즉시 그 자리에 부복했다.

“이주모를 뵈옵니다!”

이유를 몰라도 상관없다. 주모는 주군과 동격인 것이다.

적멸가인이 부복한 자신의 직속 수하들 머리 위로 차가운 목소리를 흘려냈다.

“나는 이주모이기에 앞서 무적금위대주라는 사실을 잊지 말도록 하라.”

“명을 받듭니다!”

모두들 조심스럽게 일어나자 적멸가인이 뒤로 두 걸음 물러서며 두 손으로 공손히 단예소를 가리켰다.

“주군의 어머니 대부인이시다.”

독고풍은 은예상과 함께 옆으로 물러나 뒤에 서 있던 단예소가 잘 보이도록 했다.

“아!”

“오!”

누구랄 것도 없이 냉운월을 제외한 무적금위사 모두의 입에서 탄성이 흘러나왔고, 그들의 얼굴에는 가득 반가움과 감격의 표정이 떠올랐다.

무적군 오십사 명 모두는 독고풍이 직접 기른 최정예고수들이다. 또한 그들은 독고풍을 가장 가까이에서 모셔온 형제나 다름이 없는 측근들이다.

그러므로 독고풍의 친어머니를 직접 보게 되니 감회가 남다를 수밖에 없다.

단예소는 앞으로 한 걸음 나서며 온화한 미소를 지었다.

"풍아를 잘 보필해 주세요."

그제야 예를 취하지 않았다는 사실을 깨달은 냉운월이 급히 외쳤다.

"경배(敬拜)!"

다음 순간 냉운월을 비롯한 무적금위사 전부 단예소를 향해 부복하며 외쳤다.

"대부인을 뵈옵니다!"

실내가 쩌렁쩌렁하게 울렸다.

그러자 단예소는 급히 앞으로 나서 양손으로 냉운월과 강조의 팔을 잡고 일으켰다.

"일어나세요."

"대… 부인."

"아……."

두 사람은 크게 당황해서 어쩔 줄을 몰라 했다.

단예소는 무적금위사들이 모두 일어나자 냉운월부터 강조, 기개세, 석중명, 당경림을 차례차례 일일이 손을 잡으면서 인사를 나누었다.

무적금위사들은 바짝 긴장한 모습이지만, 다른 사람들은 그 모습을 흐뭇하게 지켜보았다.

단예소가 물러나자 적멸가인이 이번에는 우문창을 가리키

며 소개했다.

"우문창 우문 숙께선 본 방의 장로로 추대되셨다. 무적군 부이시니 이후 결례가 없도록 하라."

무적금위사들은 우문창을 보며 적이 놀라는 표정을 지었다.

"입례(立禮)!"

그때 냉운월이 다시 구령을 하며 허리를 굽히자 모든 무적금위사들이 일제히 우문창을 향해 깊숙이 허리를 굽혔다.

그들이 부복을 하는 대상은 주군과 그의 부인들뿐이다.

모두 허리를 편 후 적멸가인이 이번에는 정중하게 무적사마영을 가리켰다.

"저분들은 전대 대마종의 최측근인 삼십육마영의 네 분이시다. 오른쪽부터 동마영, 남마영, 서마영, 북마영이시다."

무적금위사들은 어느 때보다도 크게 놀라 무적사마영을 쳐다보았다.

천하의 사독요마들에게는 전설처럼 회자되는 인물들이 있다.

바로 대마종과 사대종사, 그리고 대마호위대라고 불리던 삼십육마영이다.

그들 중 네 명의 거물을 눈앞에서 직접 보게 되자 무적금위사들은 크게 놀라면서도 절로 존경심이 샘물처럼 솟구쳐 나왔다.

누가 설명해 주지는 않았으나, 무적금위사들은 삼십육마
영이 모두 죽고 네 명만 살아남았다는 사실을 직감했다.

그들은 그저 평소와 다름없이 네 개의 으스름한 그림자처
럼 그곳에 서 있을 뿐이었다.

"입례!"

그때 정신을 차린 냉운월이 쨍 하는 소리로 외쳤다.

순간 강조가 독고풍을 보며 급히 말했다.

"주군! 소원이 있습니다!"

"뭐냐?"

강조는 무적사마영을 쳐다보며 간곡한 표정을 지었다.

"정말 존경하는 분들입니다. 처음이자 마지막으로 저분들
께 절을 할 수 있도록 허락해 주십시오."

독고풍은 흔쾌히 허락했다.

"내 몫까지 해라."

할 수만 있다면 독고풍 자신도 무적사마영에게 절을 하고
싶다는 뜻이다.

그것은 아버지 대마종을 수십 년 동안 보필한 것에 대한 고
마움의 표현이다.

"경배!"

냉운월의 구령에 따라 두 줄로 선 십구 명의 무적금위사가
무적사마영을 향해 공손히 큰절을 올렸다.

아무 말도 하지 않았지만 그들의 마음은 고스란히 무적사

마영에게 전해졌다.

그것은 대마종을 위해서 수십 년 동안 헌신한 것에 대한 작은 보답이었다.

무적사마영의 얼굴 표정은 변함이 없으나 내심으로는 흐뭇함을 금치 못했다.

절을 하고 일어선 무적금위사들은 그동안 독고풍 주변에 많은 일들이 있었음을 새삼스레 깨닫고 놀라워했다.

적멸가인이 무적금위사들을 향해 우뚝 섰다.

"열흘 후에 너희 이십 명의 서열을 정하겠다."

무적금위사들은 바짝 긴장했다. 방금 그 말은 열흘 동안 지켜본 후에 이십 명의 무적금위사를 일금위사부터 이십금위사까지 정하겠다는 것이다.

냉운월의 얼굴이 보일 듯 말 듯 살짝 찌푸려졌다.

무적금위대주는 못 됐어도 이십 명 중에서 우두머리 노릇이라도 해보려고 짐짓 앞에 나서서 구령을 붙이고 설레발을 피웠거늘, 말짱 헛수고가 돼버린 것이다.

적멸가인이 말을 이었다.

"너희들이 호위해야 할 분들은 주군과 대부인, 일주모, 그리고 나다. 지금부터 각자 위치를 잡고 호위에 만전을 기하도록 하라."

"명을 받듭니다."

무적금위대가 공손히 허리를 굽히자 독고풍은 단예소와

은예상, 적멸가인을 이끌고 침소로 향했다.

그때 모두의 시선이 두 곳으로 향했다. 독고풍의 양손인데, 그의 양쪽에 나란히 걸어가고 있는 은예상과 적멸가인의 엉덩이를 슬슬 쓰다듬고 있었다.

은예상은 그렇다 치고, 그토록 싸늘하던 적멸가인이 몸을 꼬면서 뺨을 독고풍의 어깨에 부비며 교태를 부리는 광경은 모두에게 충격을 던져 주기에 충분했다.

단예소를 침실로 안내한 후 독고풍은 은예상, 적멸가인을 데리고 어느 방으로 들어갔다.

나란히 있는 세 개의 방 중에서 오른쪽 방은 단예소의 침실이고, 왼쪽 방은 독고풍과 은예상, 적멸가인이 함께 쓰기로 한 방인데, 세 사람은 가운데 방으로 들어갔다.

독고풍 등이 들어서자 실내에 있던 두 명의 하녀가 공손히 허리를 굽혔다.

독고풍은 곧장 침상으로 향했다. 휘장을 걷고 안으로 들어서자 침상에 요마낭이 반듯하게 누워 있는 모습이 나타났다.

요마낭의 모습은 너무 창백해서 시체나 다름없어 보였다.

아니, 그녀는 살아 있는 시체다. 진짜 시체와 다른 점은 썩지 않는다는 사실뿐이었다.

독고풍은 침상 곁에 앉아 요마낭을 물끄러미 굽어보다가 그녀의 괴춤 사이로 손을 집어넣어 단전에 손바닥을 밀착시키고 부드러운 진기를 주입시켰다.

그의 긴 손가락에 요마낭의 부드러운 거웃이, 그리고 손가락 끝으로 약간 돌출된 음핵이 만져졌다.

수없이 만졌던 음핵이다. 그리고 늘 축축하게 젖어 있었는데 지금은 메마른 상태다.

지금이라도 음핵을 만져 주면 요마낭이 흥분으로 몸을 부르르 떨 것만 같아서, 그는 손가락 끝으로 살짝 음핵을 건드려 보았다.

그녀의 얼굴을 쳐다봤지만 여전히 핏기없는 모습이라서 그의 가슴이 짠하게 아렸다.

자신의 행동이 부질없을 것이라고 생각하면서도 독고풍은 이각에 걸쳐서 진기를 주입시켜 주고 나서야 자리에서 일어섰다.

그동안 은예상과 적멸가인은 그의 뒤에 나란히 서서 더없이 슬픈 표정으로 요마낭을 굽어보고 있었다.

독고풍은 하녀들에게 당부했다.

"살아 있는 사람이나 다름없이 대해줘야 한다."

방을 나온 세 사람은 자신들의 방으로 갔다.

잠옷으로 갈아입은 세 사람은 침상에 나란히 누웠다.

독고풍이 가운데 누웠고, 오른쪽에 은예상, 적멸가인이 왼쪽에 그를 향해 누워서 가슴에 손을 얹고 팔베개를 했다.

오늘 하루는 동이 트기도 전부터 시작하여 조금 전까지 참으로 많은 일들이 있었다.

홍의인은 번성현 대로 한복판을 곧장 달려갔다. 자정을 한 시진 정도 남겨둔 시간이라서 거리에는 한 사람도 보이지 않았다.

또한 가게들이 모두 문을 닫았기 때문에 불빛 한 점 없이 어두웠다.

자미룡은 백여 장 이상 충분한 거리를 두고 홍의인을 미행하고 있는 중이다.

그녀가 짐작하건대, 홍의인의 목적지는 현 내가 아닌 듯했다. 아마도 현을 벗어날 것 같았다.

현을 벗어나면 운거장하고는 거리가 점점 멀어질 것이고, 그렇게 되면 놈들이 자정에 급습한다는 사실을 독고풍에게 알리는 것이 어려워진다.

자미룡은 조금만 더 미행해야겠다고 생각했다. 하지만 그때 가서도 홍의인이 목적지에 도착하지 않는다면 돌아설 수밖에 없다.

그때 자미룡의 눈이 가볍게 빛났다. 전방 왼쪽 대로변에서 불빛이 흘러나오고 있는 것을 발견한 것이다.

간판을 보니 '백학루(白鶴樓)'라는 주루였다. 아마 지금까지 술손님이 죽치고 있어서 문을 닫지 못한 듯했다.

자미룡은 홍의인을 쳐다보았다. 그자는 방향을 바꾸지 않은 채 계속 전방으로만 달리고 있었다.

　그녀가 주루에 들러 서둘러 종이에 몇 자를 적어 그것을 운 거장에 갖다주라고 점소이에게 심부름을 시킨 후에 다시 미행해도 별일이 없을 것 같았다.

　생각을 결정한 그녀는 주저없이 주루로 들어섰다.

第八十章

혈오의 사랑

대마초
大麻宗

운거장에는 도합 열다섯 채의 전각이 있다.

그중에서 독고풍과 부인들, 그리고 단예소가 묵고 있는 전각은 장원 한가운데에 있는 인공 연못 가장자리에 있다.

고요한 어둠 속에 웅크리고 있는 전각 주위에는 아무것도 보이지 않았다.

하지만 실상은 많은 사람들이 은둔한 상태에서 전각 내부와 외곽을 경계하고 있는 중이었다.

전각 안에서는 세 사람의 깊이 잠든 고른 숨소리가 흘러나올 뿐, 다른 소리는 나지 않았다.

그 세 사람은 단예소와 요마낭을 돌보는 두 명의 하녀다.

독고풍과 은예상, 적멸가인은 숨소리는커녕 어떤 기척도 들리지 않았다.

사실 독고풍이 침상 주위에 무형의 보호막을 쳐놓고 두 명의 아내와 함께 무슨 일을 하고 있기 때문이다.

요마낭이 변을 당해 누워 있어서 매우 심란한 분위기지만, 그것 때문에 밥 먹는 것보다 더 좋아하는 정사를 하지 않을 독고풍이 아니다.

요마낭은 요마낭이고, 정사는 정사. 즉, 별개라고 생각하는 독고풍이다.

세 사람의 숨소리조차 들리지 않고 있지만, 전각 안팎에 은둔해 있는 무적금위대는 세 사람이 무엇을 하고 있을지 훤하게 짐작하고 있었다. 오랫동안 독고풍을 측근에서 모셔왔기 때문이다.

그러나 음탕한 생각을 하는 사람은 아무도 없다. 세 사람은 그들의 하늘같은 주군이고 주모인 탓이다.

탕탕탕!

그때 누군가 운거장 전문을 두드리는 소리가 깊은 밤의 적막을 깨뜨렸다.

잠시 후 한 장의 서찰이 동마영 원진의 손에 쥐어졌다.

서찰을 갖고 온 사람은 번성현 내의 주루에서 일하는 젊은 점소이였다.

그는 어떤 아름다운 여자가 서찰을 적어주면서 운거장의

‘풍 랑’에게 전하라고 했으며, 그렇게 하면 열 냥의 은자를
수고비로 받을 것이라고 말했다는 것이다.

서찰을 적어준 여자에게서 수고비로 은자 열 냥을, 또 원진
에게서도 은자 열 냥을 받아 한밤중의 심부름 값으로 도합 은
자 이십 냥이라는 횡재를 한 점소이는 신바람이 나서 운거장
을 떠났다.

원진은 점소이가 말한 ‘풍 랑’이 아마 독고풍일 것이라고
짐작했다.

하지만 서찰을 읽어보지 않고는 보낸 사람이 누군지 알 수
가 없었다.

그가 알고 있는 한 독고풍을 ‘풍 랑’이라고 부르는 여자는
그의 부인들 세 명뿐이었다.

결국 그는 서찰을 읽어볼 수밖에 없다고 판단했다. 발송인
이 확인되지도 않은 서찰을 이런 깊은 밤중에 주인에게 전할
수는 없는 일이다.

서찰을 읽은 원진은 적잖이 놀랐다. 철석간담을 지닌 그를
놀라게 했다는 것은, 서찰에 매우 중요한 내용이 적혀 있다는
뜻이다.

그리고 서찰 말미에는 ‘진(眞)’이라는 한 글자가 적혀 있었
는데, 원진은 그게 누구의 이름인지 알지 못했다.

그러나 사안이 너무 중대하기 때문에 그것이 누구의 이름
인지 확인하는 것보다는 서찰을 독고풍에게 전하는 것이 더

시급했다.

원진은 서찰을 혈오에게 주어 독고풍에게 전하도록 했다.

독고풍이 두 명의 부인과 함께 침실에 있으며 무엇을 하고 있을지 모르기 때문에 여자인 혈오를 보내는 것이 좋겠다고 생각한 것이다.

무적금위대는 밤중에 독고풍이 무엇을 하는지 잘 알고 있지만, 무적사마영은 모른다.

서찰을 받아 든 혈오는 방문 밖에서 조용히 말했다.

"주인님, 소인 혈오입니다."

그러나 방 안에서는 아무런 응답이 없다. 깊은 잠이 들었다고 해도 독고풍 정도의 초절고수라면 당연히 반응이 있어야 하는 것이다.

잠시 기다리던 혈오는 고개를 숙인 채 조심스럽게 방문을 열고 안으로 들어가 등 뒤로 방문을 닫았다.

이어서 가만히 고개를 들고 침상 쪽을 쳐다보았다.

"……!"

순간 그녀는 그 자리에서 온몸이 얼어붙으며 두 눈을 한껏 부릅떴다.

실내는 불을 켜지 않아서 칠흑처럼 어두웠으나 절정고수인 혈오에겐 대낮이나 다름이 없다.

침상에는 독고풍과 은예상, 적멸가인이 있었다.

그런데 세 사람은 실오라기 한 올 걸치지 않은 알몸으로 한데 뒤엉켜 한창 격렬한 정사를 나누고 있는 것이 아닌가.

혈오는 석상처럼 굳은 채 그 광경을 뚫어지게 쏘아보았다.

올해 사십오 세인 그녀는 아직도 동정녀의 몸이다. 남정네와 입술 한 번 맞춘 적이 없는 것이다.

그런 그녀가 눈앞에서 독고풍과 은예상, 적멸가인이 정사를 나누는 광경을 적나라하게 보고 있으니 과연 그 심정이 어떻겠는가.

그녀도 뜨거운 피를 갖고 있는 어쩔 수 없는 인간이다.

머릿속이 하얗게 탈색되어 아무 생각도 떠오르지 않았고, 입술이 바싹 말랐으며, 심장이 미친 듯이 쿵쾅거렸다.

그렇게 얼마나 서 있었을까.

어느 순간 혈오는 정신이 번쩍 들어 급히 고개를 숙여 눈앞의 광경을 외면했다.

하지만 이미 볼 것은 다 본 상황이다. 고개를 숙이고 있지만 방금 전에 봤던 장면들이 머릿속에서 다시 생생하게 재생산되며 그녀를 괴롭혔다.

그러나 그녀는 방을 뛰쳐나가지 못했다. 독고풍에게 중요한 서찰을 전해야 하기 때문이다.

"음… 음!"

크게 심호흡을 하고 난 그녀는 주먹을 입에 대고 가볍게 헛기침을 했다.

　두 여자와 씨름을 하느라 정신이 없는 독고풍에게 자신의
존재를 알리려는 것이다.
　그리고는 살며시 고개를 든 그녀는 어이없다는 표정을 지
었다.
　독고풍과 두 여자가 여전히, 아니, 조금 전보다 더 격렬하
게 서로의 몸을 불태우고 있었기 때문이다.
　잠시 생각하던 혈오는 독고풍이 침상 주위에 무형의 보호
막을 쳐두었을 것이라고 짐작했다.
　독고풍은 자신들이 정사를 하는 소리가 밖으로 새어나가
지 않도록 하려고 보호막을 쳤을 것이다.
　보호막을 치면 안의 소리가 밖에 들리지 않는 것은 물론,
밖의 소리가 안에도 들리지 않는다.
　이윽고 혈오는 손을 앞으로 뻗은 채 더듬거리면서 천천히
침상으로 다가갔다.
　보호막을 확인해야 하기 때문에 침상을 외면할 수가 없는
상황이다.
　고개를 들고 전진하자니 침상 위의 광경을 보지 않을 재간
이 없었다.
　그녀의 얼굴과 온몸에서 진땀이 버적버적 흘렀다.
　너무 당황한 나머지 주인님과 주모들의 정사 장면을 보는
것이 불경이라는 생각은 들지 않았다.
　그저 남자 경험이 추호도 없는 한 여자의 입장에서 제정신

을 찾기 어려울 뿐이었다.

툭.

그때 그녀의 손가락 끝에 무엇인가 닿았다. 얇은 비단 천 같은 감촉이다.

그녀는 그것이 보호막이라고 판단했다.

바로 그때 침상 위의 정사가 갑자기 뚝 멈추었다.

방금 혈오의 손가락 끝이 보호막에 닿는 소리를 독고풍과 적멸가인이 들은 것이다.

혈오를 발견한 적멸가인은 순간적으로 깜짝 놀라는 표정이었으나, 그녀 혼자뿐이라는 것을 확인한 후에는 곧 차분하게 그녀를 바라보았다.

곧이어 은예상도 한발 늦게 혈오를 발견했다.

은예상은 몹시 부끄러워하며 땀으로 번들거리는 자신의 알몸을 이불로 가렸다.

"혈오, 무슨 일이냐?"

독고풍이 보호막을 걷으면서 침상에서 내려섰다.

그러나 혈오는 즉시 대답하지 못했다. 독고풍이 알몸을 가릴 생각도 하지 않고 있기 때문이다.

혈오의 시선이 자신도 모르게 독고풍의 몸 아래쪽으로 향했다가 소스라치게 놀랐다.

'헉!'

다음 순간 그녀는 헛바람을 들이켜며 눈을 화등잔처럼 커다랗게 떴다.

사내의 음경을, 그것도 단단하게 발기한 것을 처음 보기 때문이기도 하지만, 그 크기에 놀라… 아니, 압도당해 버린 것이었다.

혈오의 첫 느낌은, 독고풍의 사타구니에 팔 하나가 더 달려 있다는 것이었다.

'세상에……'

너무 놀란 그녀는 자신이 종이며 여자라는 것도 잠시 망각한 채 독고풍의 음경에서 시선을 떼지 못했다.

그 광경을 보고 적멸가인은 씁쓸한 미소를 지었다. 하지만 그녀 역시 땀에 흠뻑 젖은 몸을 가릴 생각도 하지 않고 독고풍 옆에 나란히 서서 혈오를 바라보았다.

아니, 그녀의 손에 쥐어져 있는 서찰을 쳐다보았다. 그녀가 그것을 전하러 온 것이라고 직감한 것이다.

혈오는 종이다. 그러므로 상시 주인과 주모들의 일거수일투족을 지켜봐야만 한다.

그래서 적멸가인은 자신의 알몸을 가리지 않았고, 독고풍의 알몸도 가려주려고 하지 않았다.

독고풍과 그녀들이 앞으로 정사를 하지 않을 것이면 모르거니와, 계속할 생각이면 혈오에게 일찌감치 이런 것들을 극복시키는 편이 낫겠다고 생각한 것이다.

그런 면에서는 적멸가인이 혈오보다 더 대담하고 진보적

이었다.

　적멸가인의 깊은 뜻을 짐작한 은예상은 이불을 걷고 살며시 침상에서 내려와 독고풍 곁에 섰다.

　방금 전까지만 해도 폭풍처럼 정사를 나누고 있던 세 명의 남녀가 이제는 알몸으로 나란히 서 있었다.

　그런데도 혈오는 독고풍의 음경에서 시선을 떼지 못했다. 그만큼 큰 충격을 받은 것이다.

　"혈오, 그것을 내게 주려고 왔느냐?"

　독고풍이 서찰을 달라는 손짓을 하며 혈오에게 다시 물었다.

　"아……."

　그제야 혈오는 정신이 번쩍 들어 황급히 두 손으로 서찰을 내밀었다.

　독고풍이 서찰을 펼쳐서 읽자 양 옆에서 은예상과 적멸가인이 함께 읽고 있었다.

　세 사람은 서찰을 보고, 혈오는 세 사람의 알몸을 감상했다.

　서찰에는 자미룡이 보고 들은 내용이 간략하지만 상세하게 적혀 있었다.

　서찰을 읽고 난 독고풍은 잠시 생각에 잠겼고, 그사이에 은예상이 그에게 옷을 입혀주었다.

　은예상과 적멸가인이 옷을 모두 입고 나서 열 호흡쯤 지났을 때 독고풍이 혈오에게 조용히 명령했다.

"우문 숙과 무적사마영, 무적금위대를 불러라."

번성현을 벗어나 당하 상류 쪽으로 이십여 리가량 진입한 자미룡은 강둑에서 신형을 멈추었다.

그녀는 주위를 예리하게 쓸어보면서 살짝 아미를 찌푸렸다.

'놓쳤어.'

번성현 내 주루에서 급하게 서찰을 휘갈겨 써서 은자 열 냥과 함께 점소이에게 주고 나온 것은 일다경쯤 지나서였다.

서두르느라 애썼으나 그보다 더 빠를 수는 없었다. 그녀는 최선을 다했다.

주루를 나선 이후 전속력으로 현 내를 벗어나 곧게 뻗은 관도를 따라갔다.

그러나 얼마 가지 않아서 길은 두 갈래로 갈라졌고, 잠시 고심 끝에 그녀는 당하 쪽을 선택해서 계속 달렸다.

하지만 아무리 달려도 홍의인의 모습은 보이지 않았고, 그래서 결국 멈출 수밖에 없었다.

'돌아가야겠다.'

이제 자정까지는 반 시진도 채 남지 않았다. 지금 전속력으로 달려가면 자정 전에 빠듯하게 운거장에 닿을 수 있을 터이다.

이럴 줄 알았으면 진작 운거장으로 갈 것을 잘못했다고 생각하면서 몸을 돌리던 그녀는 순간 가볍게 움찔했다.

눈앞에 한 인물이 장승처럼 우뚝 서 있는 것을 발견했기 때문이다.

쉬익!

창!

자미룡은 상대가 누군지 확인도 하지 않은 채 곧장 일직선으로 덮쳐 갔다.

그것은 본능적이며, 또한 풍부한 경험에서 나온 행동이다.

이런 상황에서 추호의 기척도 없이 그녀의 뒤에 나타난 인물이라면 보나마나 적일 것이며, 놓친 홍의인과 한패일 가능성이 짙다는 것이 그녀의 직감이었다.

키이잇!

발검과 동시에 곧장 상대를 향해 베어가는 그녀의 검이 차디찬 하나의 흰 달을 만들어냈고, 그 달이 상대를 무서운 속도로 베어갔다.

월영쾌(月影快).

사대종사 중 한 명인 구주사황의 성명검법이다.

그녀가 월영쾌를 전개한 것 역시 본능적으로 상대가 강적이라고 판단했기 때문이다.

삼절마제의 성명검법인 참마인만큼은 아니지만, 월영쾌 역시 무림에서 짝을 찾아보기 어려울 정도의 극쾌검법(極快

劍法)이다.

상대에게 뛰어난 신법이 있어서 자미룡의 이목을 속이고 나타났는지는 몰라도, 그녀는 그자가 월영쾌를 피할 수 있을 것이라고는 믿지 않았다.

최초 그녀와 상대의 거리는 삼 장이었다.

그러나 그녀의 반응이 워낙 빨랐으며, 또한 그녀가 전개한 신법은 바로 섬신비다.

더구나 전개된 검법은 극쾌검법인 월영쾌.

상대는 한 명의 홍의인이었다. 자미룡이 미행하다가 놓친 자와 같은 복장이지만, 그자인지는 알 수 없다. 하지만 한패인 것만은 분명했다.

홍의인은 움찔 가볍게 몸을 떨었다.

자미룡이 급습을 할 것이라 예상은 했지만, 삼 장 거리를 이처럼 빠르게 좁혀올 줄은, 그리고 공격이 이토록 쾌속하리라고는 예상하지 못했다.

그러나 홍의인은 호락호락하지 않았다.

파아—

그는 미처 검을 뽑거나 피하지는 못했지만 재빨리 품속에 손을 넣어 무엇인가를 자미룡에게 맹렬히 뿌렸다.

그것은 별처럼 뾰족뾰족한 돌기가 있는 쇠붙이로, 철질려(鐵蒺藜)와 비슷하게 생긴 암기였다.

"훙!"

자미룡은 차갑게 코웃음을 치면 오른손의 검으로는 계속 월영쾌를 전개하여 홍의인을 공격해 가면서, 왼손으로 허리의 채찍을 풀어 기쾌하게 떨쳐 냈다.

홍의인은 자미룡이 검이 아닌 채찍으로 철질러를 튕겨낼 줄을 몰랐기에 움찔 놀랐다.

다급해진 그는 오른쪽으로 몸을 날리면서 바닥에 몸을 굴려 아슬아슬하게 공격을 피했다.

그러나 그는 피하기에 급급한 나머지 바닥으로 몸을 굴리면 운신의 폭이 좁아진다는 사실을 잠시 망각했다.

아니, 알았다고 해도 지금으로선 칼을 피하려면 그 방법밖에 없었다.

바닥을 구르고 있는 상태에서는 공격을 할 수도 없고, 다음 공격이 가해지면 계속 구르면서 피해야 한다.

그러나 그는 또 한 가지를 망각했다. 자미룡의 경공이 일절이라는 사실이다.

그가 아무리 빨리 구른다고 해도 자미룡의 섬신비보다 빠를 수는 없는 일이다.

픽!

그림자처럼 따라붙은 자미룡의 왼발이 홍의인의 옆구리를 가볍게 툭 걷어차서 허공으로 둥실 띄웠다.

삭!

그리고 다음 순간 그녀의 검이 홍의인의 목을 뎅겅 단숨에 베어버렸다.

투툭.

몸과 머리가 따로 분리된 홍의인의 시체가 묵직하게 자미룡 앞에 떨어졌다.

그녀는 시체를 보면서 슬쩍 눈살을 찌푸렸다.

"제압해서 심문할 것을 괜히 죽였나?"

후회가 생겼지만 곧 사라졌다.

휙! 휙!

'뭐야?'

그녀는 왼쪽 숲 속에서 세 개의 홍영, 즉 홍의인들이 튀어나와 자신을 향해 쏘아오고 있는 것을 발견했다.

아니, 셋뿐이 아니다. 그 뒤를 이어서 계속 쏘아 나오고 있었다.

또한 자미룡 뒤편의 왼쪽 숲에서도 홍의인들이 무더기로 쏟아져 나왔다.

그녀가 어떻게 할 것인지 미처 결정을 내리기도 전에 장내에는 어느새 백여 명의 홍의인이 그녀를 빽빽이 포위한 상황이 돼버렸다.

그녀는 적잖이 놀라는 표정을 지었다가 독한 표정을 지으면서 지그시 입술을 깨물었다.

다음 순간 번쩍 신형을 숫구쳐 지상에서 비스듬히 삼 장가량 떠오른 후 왔던 길을 향해 한줄기 바람처럼 쏘아갔다.

포위망을 벗어났다고 여긴 순간 그녀의 몸이 허공중에서 멈칫했다.

전면 왼쪽 숲과 오른쪽 강 건너에서 셀 수도 없을 만큼 많은 홍의인들이 전방을 차단한 상태에서 쏟아져 오고 있는 것을 발견했다.

'이런……'

결국 그녀는 땅에 내려설 수밖에 없었다.

그녀는 그 자리에 우뚝 서서 두 손으로 힘껏 검과 채찍을 움켜잡으며 천천히 주위를 둘러보았다.

포위망을 형성하고 있는 홍의인들의 수는 적게 잡아도 삼백여 명은 될 듯했다.

그녀의 머릿속에서 홍의인을 제압해서 심문해야겠다는 생각은 수만 리 밖으로 달아나 버렸다.

쿵! 쿵!

운거장 밖 엄폐물에 숨어 있던 두 명의 홍의인을 원진과 조재가 제압해서 어깨에 메고 들어와 내팽개치듯이 바닥에 내려놓았다.

자미룡이 보낸 서찰의 여러 내용 중에는 운거장을 감시하고 있는 수상한 인물들이 있을 것이라고 적혀 있었는데, 과연 정확했다.

무적사마영이 운거장 주변을 수색하여 감시하고 있던 두

명의 홍의인을 제압해 온 것이다.

바닥에 쓰러져 있는 두 명의 홍의인 앞에는 독고풍이 우뚝 서 있고, 좌우론 은예상과 적멸가인이, 주위에는 무적사마영이 둘러서 있었다.

독고풍은 손을 뻗어 한 명의 홍의인을 가리켰다가 손목만을 까딱 위로 움직였다.

스으으.

그러자 홍의인의 몸이 저절로 일으켜져서 독고풍 앞에 선 자세가 되었다. 그리고 홍의인의 두 발은 바닥에서 한 뼘쯤 뜬 상태였다.

마혈이 제압된 홍의인은 움찔 놀라는 듯했으나 곧 이글거리는 눈빛으로 독고풍을 노려보았다.

이런 상황에서도 전혀 겁을 먹거나 위축되지 않는 것을 보면 고도의 수련을 받은 자가 분명했다.

그때 독고풍의 눈이 변하기 시작했다. 눈동자가 사라지는가 싶더니 눈 전체가 먹처럼 검게 변했다.

그러더니 두 눈에서 안개처럼 뿌옇고 새카만 흑무(黑霧)가 흘러나왔다.

그 순간, 원진과 조재, 혈오는 그것이 무슨 수법인지 깨닫고 급히 시선을 다른 곳으로 돌렸다.

천하의 모든 짐승을 마음대로 다루는 제령수어법(制靈獸御法)이며, 세 가지 방법이 있는데 이것은 그중 눈빛이다.

인간도 짐승의 범주를 벗어나지 않는다. 그러므로 제령수어법에 걸려들 수밖에 없다.

멋모르고 독고풍을 쏘아보던 홍의인의 이글거리던 눈빛이 갑자기 흐리멍덩해지며 온순하게 변했다. 제령수어법에 제압된 것이다.

"너는 누구며 어디에서 왔느냐?"

이윽고 독고풍이 조용한 어조로 입을 열었다.

그러자 홍의인이 최면에 걸린 것처럼 순순히 대답했다.

"나는 대천십등 중 팔등 팔혼낭차 제사십칠로(第四十七路) 소속 과라달(瓜螺達)이고, 서장 대천신등에서 왔습니다."

실로 거짓말처럼 신기한 일이라서 보고 있는 사람들은 적이 감탄을 금치 못했다.

은예상이나 적멸가인은 물론, 무적사마영도 이런 광경은 처음 보는 것이다.

과연 홍의인은 독고풍이 짐작하고 있었던 대로 대천십등의 고수였다.

그런데 그때 전혀 예기치 않은 일이 벌어졌다.

"나는 삼십육마영 중 삼십사마영 궁의고, 쌍산 난연장에서 왔습니다."

느닷없이 무적사마영의 궁의가 우렁우렁하게 말을 하는 것이 아닌가.

모두들 깜짝 놀라서 궁의를 쳐다보았다. 그리고는 그가 홍의인처럼 눈에 초점이 없고 흐리멍덩한 것을 발견했다.

'이 밥통! 주인님의 눈을 쳐다보고 있었구나!'

혈오가 어이없다는 듯 궁의를 흘겨보았다.

원진이 그녀에게 궁의를 밖으로 잠시 데리고 나가라고 눈짓을 보냈다.

혈오는 궁의의 팔을 잡고 방 밖으로 나갔다.

실내에서는 독고풍의 심문이 이어졌다.

"이곳을 습격하는 일에 대해서 네가 알고 있는 것들을 모두 자세히 말해라."

홍의인은 추호의 죄의식도 없이 독고풍이 원하는 내용을 술술 털어놓기 시작했다.

혈오는 궁의를 다른 방으로 데리고 들어갔다. 독고풍이 홍의인, 즉 팔혼낭차의 심문을 끝내면 제령수어법에 제압된 궁의를 풀어줄 것이다.

그녀는 궁의를 그 방에 혼자 놔두고 빨리 독고풍이 있는 곳으로 돌아가서 홍의인이 실토하는 내용을 듣고 싶었다.

하지만 멍청한 궁의에게 핀잔을 주는 것을 잊지는 않았다.

"궁의, 넌 대체 무슨 생각을 하고 있는 것이냐?"

그녀가 쏘아붙이고 나가려는데 궁의가 전혀 생각지도 못했던 말을 했다.

"항상 혈오를 사랑하고 있다는 생각을 하고 있습니다."

“……!”

혈오는 뚝 걸음을 멈추고는 크게 놀란 얼굴로 궁의를 바라보았다.

궁의는 제령수어법에 심지가 제압된 상태라서 묻는 말에 곧이곧대로 대답을 한 것이다.

그녀는 궁의 앞으로 바짝 다가가서 싸늘하게 캐물었다.

“너, 지금 뭐라고 그랬어?”

“항상 혈오를 사랑하고 있다는 생각을 하고 있습니다, 라고 말했습니다.”

혈오는 어이없다는 표정을 지었다.

‘그렇지! 이 녀석은 지금 심지가 제압된 상태였지?

그러나 곧 그 사실을 깨달았다. 그랬더니 더 기가 막혔다.

사랑이라니, 그녀는 태어나서 이날까지 누구를 사랑했던 적도, 누구에게서 사랑을 받아본 적도 없었다.

그녀는 궁의를 무섭게 노려보다가 차츰 눈빛이 풀리더니 호기심이 생겼다.

“언제부터 날 사랑했지?”

“이십육 년 전, 처음 보는 순간부터 사랑했습니다.”

“이십육 년 전…….”

그때는 삼십육마영이 처음 결성되어 전대 대마종에게 무공을 배우기 시작할 무렵이었다. 그리고 혈오의 나이는 꽃다운 십구 세였다.

더욱 어이가 없었다. 궁의는 혈오를 처음 만났을 때부터 지금까지 이십육 년 동안 속으로만 그녀를 짝사랑하면서 한마디 말도 꺼내지 못했던 것이다.

혈오는 독고풍이 홍의인을 심문하는 것을 듣는 것보다 이쪽에 더 흥미를 느꼈다.

그래서 그때부터 궁의에게 바짝 다가들어 이것저것 꼬치꼬치 캐묻기 시작했다.

제령수어법에 심지가 제압된 궁의가 거짓말을 할 리는 없다.

구구절절 혈오에게 향한 사랑의 일편단심을 들으면서 그녀는 자신도 궁의가 그다지 싫지 않다는 생각이 들었다.

하지만 그가 말하는 사랑 운운하는 것은 아니었다. 그저 싫지 않을 뿐이다.

문득 혈오는 아까 독고풍과 은예상, 적멸가인이 뜨겁게 사랑을 나누던 광경이 떠올랐다.

그녀의 입에서 뜻밖의 질문이 불쑥 나왔다.

"너, 여자하고 그거 해봤어?"

"그거가 뭡니까?"

"정사 말이야."

"아직 못해봤습니다."

"한 번도?"

"그렇습니다."

혈오는 궁의가 아직도 동정이라는 말에 적잖이 놀랐다.

하긴, 삼십육마영은 대마종의 종이 된 그 순간부터 개인의 행복이나 영달하고는 철저하게 인연을 끊고 살아왔으니 사랑이나 정사 같은 것은 남의 일처럼 느꼈다.

혈오는 마른침을 삼켰다. 지금부터 물어볼 질문 때문에 괜히 가슴이 뛰고 얼굴이 화끈거렸다.

"너, 언제 나하고 정사해 볼래?"

그녀가 그렇게 물은 것은 순전히 아까 독고풍과 두 부인의 격렬한 정사 장면을 목격했기 때문이지 궁의에게 남성적인 매력을 느껴서가 아니다.

"하겠습니다."

궁의가 대답하자 혈오는 묘한 눈빛으로 그를 응시했다. 그녀로서는 처음 지어보는 유혹의 눈빛이었다.

그때 갑자기 그녀의 뒤에서 독고풍의 목소리가 들렸다.

"원진, 이번 출동에서 혈오하고 궁의는 제외시켜라."

"앗!"

혈오가 소스라치게 놀라서 뒤돌아보자 언제 왔는지 독고풍과 적멸가인이 열려 있는 문 앞에 나란히 서 있고, 그 뒤에 원진과 조재가 서 있는 모습이 보였다.

"주… 인님……."

혈오는 정신이 아득해져서 다리에 힘이 풀리는 것을 느꼈다.

　그러자 독고풍이 히죽 웃으며 한마디 던지고는 복도를 걸
어갔다.
　"혈오, 내 방을 써라."

그러자 독고풍이 히죽 웃으며 한마디 던지고는 복도를 걸
"혈오, 내 방을 써라."

第八十一章
자미룡의 사투(死鬪)

대박
大慶宗

독고풍은 중간 정도 크기의 배 한 척을 한수에 띄우고, 그 곳에 은예상과 단예소를 태웠다.

또한 그녀들을 호위하라고 우문창과 무적금위사 다섯 명을 남겨두었다.

자정 일각 전.

독고풍과 적멸가인을 위시하여 무적사마영과 무적금위사 열네 명이 쾌속하게 당하 상류를 향해 쏘아가고 있다.

하마터면 궁의와 뜻하지 않은 정사를 할 뻔했던 혈오는 독고풍에게 울고불고 매달려서 겨우 용서(?)를 받아 출동할 수 있었다.

그녀는 지금 독고풍 바로 뒤에서 원진과 나란히 달리고 있
는 중이다.

다른 삼마영에 비해 혈오의 경공은 많이 뒤처지는 수준이
다. 내공이 약하기 때문이다. 그 역시 여자라는 한계를 극복
하지 못한 탓이다.

그래서 원진이 그녀의 한쪽 팔을 가볍게 잡아 약간 이끌어
주고 있었다.

그때 원진이 그녀에게 불쑥 전음을 보냈다.

"놈을 심문한 결과, 팔혼낭차의 두 번째 우두머리인 팔차
등주라는 자가 서장에서부터 너를 미행했다는 사실이 밝혀졌
다."

"……!"

순간 혈오는 멍한 얼굴로 원진을 쳐다보았다. 그녀의 표정
은 '그럴 리가 없다' 고 항변하고 있었다.

그러면서도 그녀는 원진이 식언을 할 사람이 아니라는 사
실을 너무도 잘 알고 있었다.

원진은 그 말뿐, 입을 굳게 다물었다.

혈오가 그의 말을 납득하는 데에는 약간의 시간이 필요했
다. 그만큼 믿어지지 않는 내용이었다.

그리고 그것을 이해했을 때 그녀는 큰 충격을 받아 공력이
흐트러져서 몸이 크게 휘청거렸다.

그럴 줄 알았다는 듯 원진이 그녀의 팔을 잡고 있는 손에

약간 힘을 주어 부축했다.

대천십등의 열 명의 등주는 모두 일등 일절신제 출신이다.

혈오가 아는 한 일절신제의 무위는 대천신등 내에서 천신황과 대천칠군(大天七君)을 제외하면 최고 수준이다.

대천칠군은 변황삼세와 새외사벌의 우두머리들이다.

그리고 각 등주의 바로 아래 지위인 열 명의 팔차등주는 이등 이황무존이다.

혈오는 자신의 무위가 이황무존과 삼등 삼철혈왕의 중간쯤이라고 자평하고 있었다.

그녀는 무적사마영 중에서 제일 약하다.

조재와 궁의는 이황무존 정도 수준이고, 원진은 이황무존과 일절신제 중간쯤 될 것이다.

그러므로 팔혼낭차 팔차등주가 서장에서부터 혈오를 미행했다면 그녀는 그의 존재를 까맣게 몰랐을 것이다.

'아…….'

그녀의 충격은 오래 지속됐다.

팔혼낭차들이 대부인과 주모를 납치하려다가 요마낭을 죽인 것도, 천 명의 팔혼낭차가 운거장을 급습하려는 것도 자신이 미행을 당했기 때문이라는 걸 깨달은 것이다.

'내가 도대체 무슨 짓을 한 거지?'

땅이 뒤집혔고 하늘이 빙빙 돌았다. 지금 당장 피를 토하고 죽는다고 해도 이 큰 죄를 백분의 일조차 씻을 수 없을 것 같왔다.

원진은 혈오를 힐끗 쳐다보고는 가볍게 눈살을 찌푸렸다.

혈오의 안색이 백지장처럼 창백하고 두 눈에 눈물이 그렁그렁 고여 있는 것을 발견했기 때문이다.

그녀는 원진이 예상했던 것보다 몇 배 더 큰 충격을 받고 있는 것이 분명했다.

원진은 지난 이십육 년 동안 혈오의 겉모습만 봐왔었다는 사실을 방금 깨달았다.

그가 생각하고 있던 것보다 그녀는 훨씬 더 마음이 여리고 순수했다.

그래서 그는 그녀에게 방금 전에 해준 말을 후회했다. 그녀는 이 충격을 이겨내지 못할 것이다. 미리 예상했더라면 죽을 때까지 이 사실을 말하지 않았을 터이다.

"사마영, 먼저 가라."

앞서 가던 독고풍이 다급한 어조로 명령했다.

무적사마영은 독고풍보다 무공이 약하지만 경공은 훨씬 빠르기 때문에 그들을 먼저 보내려는 것이다.

쉬이이—

다음 순간 무적사마영은 독고풍을 앞질러 빛처럼 쏘아갔다.

원진과 혈오가 조재와 궁의에게 약간 뒤처졌다. 네 명 중에 원진의 경공이 가장 빠르지만 그는 지금 혈오의 팔을 잡아끌고 있다.

독고풍은 힐끗 뒤돌아보았다. 적멸가인이 삼백여 장 뒤에 처져서 전력으로 달려오고 있었다.

그는 자미룡이 보낸 서찰의 내용을 떠올렸다.

그녀는 홍의인들, 즉 팔혼낭차들이 모여 있는 곳을 알아내겠다고 했다.

천 명의 팔혼낭차가 자정에 운거장을 급습할 것이라고 했는데 현재 자정이 일각쯤 지났는데도 팔혼낭차들의 급습 조짐은 없다.

그것은 지금 자미룡과 그들 사이에 무슨 일이 일어나고 있음을 의미하는 것이다.

그래서 독고풍은 초조했다. 요마낭에 이어서 자미룡까지 잃게 될지도 모른다는 생각을 떨쳐 버릴 수가 없었다.

그는 은예상을 제외하곤 적멸가인과 요마낭, 자미룡을 거의 똑같이 소중한 존재로 여기고 있다.

자미룡은 독고풍과 몸만 섞지 않았을 뿐이지, 거의 부인이나 다름이 없는 존재라는 뜻이다.

똥줄이 탔다. 만약 자미룡에게 무슨 일이 생긴다면 견딜 수 없을 것 같았다. 아니, 그보다도 그녀가 불쌍해서 미치고 말 것이다.

당하 상류 쪽에서 싸우는 소리가 나는 것은 아까 번성현을 벗어나자마자 감지했다.

만약 무기끼리 부딪치는 날카로운 소리가 났다면 더 멀리에서 감지했겠지만 이 싸움은 파공음과 답답한 신음 소리밖에 나지 않았다.

고수들의 싸움이라는 뜻이다. 공격을 막는 것보다는 죽이는 것에 주력하기 때문이다.

파공음으로 미루어 싸움이 벌어지고 있는 장소는 번성현에서 당하 상류 쪽으로 이십여 리 떨어진 거리였다.

그 이십여 리가 독고풍에게는 천 리나 되는 것처럼 멀게만 느껴졌다.

앞서 달리던 무적사마영의 모습이 가물가물해지더니 어둠 속으로 사라졌다.

그들은 전대 대마종으로부터 직접 무공을 전수받았다. 그렇기 때문에 삼절마제의 섬신비를 배운 독고풍보다 빠를 수밖에 없는 것이다.

지금 독고풍의 목적은 자미룡의 구출이다.

운거장을 감시하고 있던 팔혼낭차가 실토한 바에 의하면, 팔혼낭차 팔등주와 팔차등주를 비롯한 삼백 명의 팔혼낭차들이 당하 강가 숲 속 은밀한 곳에 은둔해 있다고 했다.

그리고 칠백 명의 팔혼낭차가 몰려오고 있는 중이며, 그들이 도착하면 천 명의 팔혼낭차가 일제히 운거장을 급습한다는 것이다.

그런데 지금 자미룡과 싸우고 있는 팔혼낭차가 삼백 명인지 천 명인지 알 수가 없는 상황이다.

천 명이면 독고풍 쪽이 당해내지 못할 것이고, 삼백 명이라고 해도 이쪽의 피해가 매우 클 터이다.

그러므로 팔혼낭차가 삼백 명이든 천 명이든 그들과 싸움을 벌이는 것은 나쁜 결과를 불러오게 될 터이다.

독고풍은 무적사마영이나 무적금위사들을 대거 잃고 싸움에서 승리하는 것을 원하지 않는다.

그는 아내나 여자들만큼은 아니더라도 자신의 측근들을 끔찍하게 아끼는 편이다.

옛날 주(周)나라의 장수 오기(吳起)가 부하 군사의 종기에 직접 입을 대고 고름을 빨아내서 고쳤다는 연저지인(吮疽之仁)의 마음이 독고풍에게도 있는 것이다.

그는 자신의 경공이 느린 것을 원망하면서 이번 일이 끝나면 원진에게 꼭 아버지의 경공을 배우고야 말겠다고 속으로 다짐을 했다.

칠백 명의 팔혼낭차는 아직 도착하지 않았다.

강가의 너른 백사장에서 자미룡은 이십오 명의 팔혼낭차에게 포위된 상태에서 악전고투를 벌이고 있는 중이었다.

쐐애액!

쉬쉬쉭!

날카롭고 어지러운 파공음이 주위에 가득했다.

주변에는 이십오 구의 팔혼낭차 시체가 어지럽게 흩어져 있었다.

싸움이 시작된 지 이미 반 시진 가까이 흐르고 있는데도 자미룡은 팔혼낭차를 이십오 명밖에 죽이지 못했다.

더구나 그녀는 어깨와 옆구리, 등, 허벅지에 베이고 찔려 상처를 입은 상태다.

비록 깊은 상처들은 아니지만, 그녀에게 심적인 부담감을 주거나 움직임을 어느 정도 둔화시키기에는 충분했다.

팔혼낭차들은 매우 특이했다.

자미룡은 구룡방 칠방주였던 시절부터 무적전사였던 시절까지 수많은 싸움을 겪은 여걸이지만, 팔혼낭차 같은 자들은 생전 처음 보았다.

팔혼낭차들은 사용하는 무기에서부터 전개하는 무공의 종류나 싸우는 방식 등이 중원의 여느 무림인하고는 판이하게 달랐다.

그들의 무기는 검처럼 생겼다. 그런데 보통 검보다 검신의 폭이 두 배 정도 더 넓었다.

검신 폭이 넓은 것은 그럴 만한 이유가 있다.

이 검은 보통 검이 아니다. 양쪽 날이 손가락 반 마디 폭 정도로 검첨에서 칼코등이까지 분리가 된다.

분리된 검은 육안으로 보이지 않을 정도로 가느다랗고 긴 강사(鋼絲)에 연결되어 있어서 검에서 분리하여 화살처럼 최대 삼 장까지 쏘아나갔다가 회수할 수가 있다.

즉, 한 자루 검으로 세 자루 검을 만들어서 공격하는 효과를 내는 것이다.

그 무기에 굳이 이름을 붙이자면 탈비삼검(脫飛三劍)이라고 할 수 있을 터이다.

팔혼낭차들은 오랫동안 탈비삼검으로 수련을 했는지 팔보다 더 자유자재로 사용했다.

또한 그들이 사용하는 무공은 서장 특유의 패도적이고 군더더기가 없는 강성(强性) 일변도다.

상대를 현혹하는 허초 따위가 일체 없이, 전개하는 모든 초식이 급소만을 노리고 있다.

그리고 그들은 진식 같은 것을 전개하지 않는데도 상호간 공격의 짜임새가 완벽했다.

쉬이이— 쉬이잉!

팔혼낭차들의 탈비삼검에서 발출된 긴 꼬챙이 같은 검, 즉 탈비검 수십 개가 허공을 가르는 음향이 한겨울 밤중에 부는 삭풍처럼 매우 독특했다.

자미룡은 지금 그것 때문에 애를 먹고 있는 중이다.

그것들은 마치 부리가 칼로 만들어진 수십 마리 매가 허공에서 한꺼번에 공격하는 것 같았다.

그녀는 그것들을 피하기에 급급해서 팔혼낭차에게 가까이 접근하기가 어려웠다.

그런데 적들은 지금 그녀를 공격하고 있는 이십오 명의 팔혼낭차만 있는 것이 아니었다.

그들을 제외한 이백오십 명의 주력 팔혼낭차가 자미룡을 세 겹으로 멀찌감치 넓게 포위한 상태에서 꼼짝도 하지 않고 서 있었다.

자미룡이 지금 싸우고 있는 이십오 명을 모조리 죽일 수 있다고 해도, 포위하고 있는 자들이 이백오십 명이나 되는 것이다.

그녀는 기적이 일어나지 않는 한 자신이 오늘 밤 이곳에 뼈를 묻어야만 할 것이라는 불안을 떨치지 못했다.

그렇지만 원래 그녀는 포기를 한다던가 후회 따위를 모르는 강인한 성격이다.

또한 일단 싸움을 시작하고 나면 목숨이 끊어질 때까지 전력을 다하는 독기를 지니고 있다.

"이놈들……."

반 각 이상 탈비검을 피하느라 이리저리 뛰어다니기만 하던 자미룡의 눈이 한순간 가볍게 빛을 발했다.

방금 막 피한 두 개의 탈비검이 허공중에서 팅! 하는 맑은 음향을 발출하며 급격히 방향을 전환하더니 회수되고 있는 것을 포착한 것이다.

패액!

순간 그녀는 백사장을 박차고 회수되는 탈비검을 번개같

이 쫓아가면서 왼손의 채찍을 날렸다.

채찍 끝이 아슬아슬하게 두 자루 중 하나의 강사를 휘감는데 성공했다. 만약 검신을 휘감았다면 채찍이 동강 나고 말았을 것이다.

자미룡은 달려가면서 채찍을 힘껏 잡아당겼다.

순간 회수되던 탈비검을 움켜잡고 있던 팔혼낭차 한 명이 그녀 쪽으로 확 딸려왔다.

그러자 자미룡의 아직 채 숙달되지 않은 솜씨로 전개한 참마인의 흐릿하고 짧은 검기가 팔혼낭차의 가슴 한복판을 꿰뚫었다.

"끄윽!"

팔혼낭차 한 명이 거꾸러지면서 그쪽 방향에 허점이 생겼다.

아울러서 자미룡은 포위망의 한복판에서 벗어나게 됐다.

즉, 팔혼낭차들이 탈비검을 발출하지 못하는 위치를 점한 것이고, 그들에게 가까이 접근함으로써 죽일 수 있는 기회를 잡은 것이다.

자미룡이 느닷없이 한복판에서 벗어나 자신들 가까이 다가오자 그쪽 방향에 있던 몇 명의 팔혼낭차가 움찔 당황했다. 발출한 탈비검을 아직 회수하지 못했기 때문이다.

자미룡은 회수되는 탈비검보다 더 빨리 팔혼낭차들에게 접근한 것이다.

스스스.

그 순간 그녀는 삼절마제의 성명보법인 귀영미리보를 전개하여 팔혼낭차 사이를 누비기 시작했다.

거의 동시에 그녀의 검에서 삼절마제의 쾌뢰검이 전개됐다.

삼절마제의 또 다른 검법인 쾌뢰검은 성명검법인 혈전탄류나 참마인만은 못하지만, 그가 강호를 주유할 당시에 가장 많이 사용했던 검법으로, 월영쾌보다 빠르고 위력적이다.

또한 접근전에서는 단연 독보적인 검법으로, 실수를 용납하지 않는다.

싸움 경험이 풍부한 자미룡은 지금처럼 다수를 상대할 경우에는 급소만을 고집하여 공격하는 것이 어리석다는 사실을 잘 알고 있었다.

이런 상황에서는 상대를 무력화시켜서 공격자를 한 명이라도 줄이는 것이 상책이다.

죽이지 못했을 경우에 가장 좋은 방법은 무기를 쥐고 있는 팔을 자르거나 움직이지 못하도록 발을 자르는 것이다.

그것이 여의치 않을 때에는 복부에 상처를 가하는 것이 현명하다.

살이나 뼈로 이루어진 몸의 대부분 부위보다 복부를 베이거나 찔리면 내장을 다치게 되고, 그것은 즉시 동작의 둔화로 이어지게 마련이다.

파파팍!

자미룡은 팔혼낭차들이 탈비검을 회수하지 못한 상황을 노려 그들 사이를 누비면서 더없이 빠른 속도로 검을 전방과 좌우로 떨쳤다.

팔혼낭차 한 명이 옆구리가 길게 베어져서 내장이 확 뿜어졌으며, 또 한 명은 팔이 잘렸고, 또 한 명은 허벅지가 절반가량 뭉텅 베어졌다.

자미룡이 상체를 숙인 채 상대의 가슴 아래 부위만 집중 공격했기 때문이다.

절강무림의 패자였던 구룡방의 칠방주였으며, 이후 임독 양맥의 소통으로 내공이 크게 증진된 상태에서 독고풍에게 사대종사의 성명절기를 전수받은 자미룡은 이미 절정고수 반열에 들었다고 해도 지나친 말이 아니다.

그러므로 상급 일류고수 수준인 팔혼낭차들 복판을 헤집으면서 도륙을 하는 것은 여반장(如反掌) 같다고 할 수 있다.

"빠드득! 버러지 같은 놈들! 죽어랏!"

그녀는 이를 갈아붙이며 또 한 명의 팔혼낭차 옆구리를 깊게 베고는 쏘아가던 방향을 슬쩍 틀었다.

이십오 명의 팔혼낭차가 삼 장여의 거리를 두고 원을 형성하고 있었기 때문에 자미룡은 한쪽을 무너뜨린 여세를 몰아 원을 따라 돌면서 파죽지세로 주살하는 것이다.

그녀가 있는 곳 반대편에 있는 팔혼낭차들이 막 탈비검을 회수하고 있었다.

하지만 그들은 자미룡을 공격하지 못했다. 그녀가 팔혼낭차들 사이를 헤집고 있었기 때문에 탈비검으로 공격을 할 경우 동료들이 다칠 확률이 더 높기 때문이다.

자미룡의 검에서는 삼절마제의 성명검법인 참마인과 쾌뢰검, 그리고 구주사황의 월영쾌가 번갯불을 뿜듯이 번쩍번쩍 뿜어졌다.

그럴 때마다 팔혼낭차들이 팔다리가 잘리거나 복부가 갈라져 피와 내장을 쏟으며 거꾸러졌다.

고수와 하수를 구분하는 것의 첫째는 무위고, 두 번째는 빠른 안목이다.

적보다 더 빠른 눈을 가졌다는 것은, 적보다 더 빠른 공격을 발출할 수 있음을 뜻한다.

결국 빠른 안목과 판단력, 그리고 여자답지 않은 담대한 용맹함을 지닌 자미룡은 서너 번 호흡할 짧은 시각에 팔혼낭차 십오 명을 황천으로 보냈다.

남은 자는 열 명이다. 최초에 사십오 명을 상대할 때에도 고군분투하면서 삼십오 명을 죽였거늘, 남은 열 명이야 상대가 되지 않는다.

멀찌감치 포위하고 있는 이백오십 명이 몰려들지만 않는다면, 자미룡은 두 호흡 안에 남은 열 명을 깡그리 죽일 수 있을 것이다.

그녀는 열 명의 팔혼낭차에게 상처 입은 맹수처럼 덮쳐 가
면서 힐끗 한쪽을 쳐다보았다.

그곳 커다란 바위 위에는 한 명의 갈의장포인이 밤바람에
옷자락을 흩날리면서 우뚝 서 있었다.

자미룡은 갈의장포인이 우두머리일 것이라고 처음부터 생
각하고 있었다.

갈의장포인은 자미룡을 주시하고 있다가 그녀와 눈이 마
주쳤다. 하지만 음울한 표정은 조금도 변하지 않았다.

바위 아래에는 두 번째 우두머리라고 여겨지는 갈의단삼
인이 장승처럼 서 있었다.

그 두 명은 자미룡이 남은 열 명을 죽이러 달려가는데도 얼
굴 표정은 물론 눈 하나 까딱하지 않고 있다.

마도든 사파든 정파든 우두머리는 수하를 아끼게 마련이
다. 아무리 못나고 사악한 우두머리라도 자신의 수하들이 죽
는 광경을 보면 눈이 뒤집히는 법이다.

그런데도 갈의장포인과 갈의단삼인은 마치 강 건너 불구
경하듯이 수하들이 죽는 것을 지켜보고 있다.

또한 남은 열 명은 자신들이 철저하게 열세인 줄 알면서도
도망치거나 물러서지 않았다.

아니, 오히려 대오를 짜서 자미룡을 향해 마주 공격해 오고
있었다.

비정한 우두머리에 악바리 같은 수하들이다.

자미룡은 가장 앞서 쏘아오는 팔혼낭차에게 정면으로 짓쳐가면서 머리를 굴렸다.

'마지막 놈을 죽이는 즉시 전력으로 도주한다.'

팍!

자미룡은 쏘아가는 기세를 빌어 갑자기 위로 비스듬히 상승하면서 검을 아래에서 위로 그어 선두 팔혼낭차를 콧등에서부터 미간까지 쪼갰다.

이어서 머리가 쪼개지는 팔혼낭차의 머리를 아슬아슬하게 날아 넘으며 바로 뒤를 따르고 있는 두 번째 팔혼낭차에게 기묘하게 손목을 비틀면서 채찍을 날렸다.

쌔애액!

퍽!

고막을 찢어발기는 파공음에 이어 수박 깨지는 소리가 둔탁하게 터졌다.

채찍 끝이 동그랗게 말리면서 두 번째 팔혼낭차의 머리를 박살 낸 것이다. 바위를 부수는 채찍이거늘, 사람의 머리야 오죽하겠는가.

바로 그 순간 뒤따르던 팔혼낭차들이 일제히 백사장을 박차며 자미룡을 향해 쏘아 오르며 공격해 왔다.

파아아—

'이것들이?

한두 명씩 각개격파를 하는 것과 여덟 명의 합공을 받는 것은 근본적으로 다르다.

여덟 명의 팔혼낭차는 거리가 가까웠으므로 탈비검을 사용하지 않고 탈비삼검으로 여덟 방향에서 공격해 왔다.

공격 방향이 중복되지도, 허술하지도 않았다. 만약 이 공격이 성공한다면 똑같은 순간에 여덟 자루의 검이 자미룡의 몸에 닿을 것이다.

그 짧은 시간에 여덟 명이나 되는 자들이 어떻게 자신들이 공격할 방향을 상의하고 정했는지 모를 일이다.

자미룡은 마지막 놈을 죽이고 도주한다는 것이 불가능할지도 모른다는 생각이 들었다.

쉬쉬쉭!

여덟 자루 탈비삼검이 팔방(八方)에서 맹렬하게 쏘아왔다.

자미룡이 그림자가 아닌 이상 이 공격에서 살아남을 수 있는 방법은 오직 하나, 여덟 명을 한순간 한꺼번에 죽이든 무력화시키는 것뿐이다.

툭.

너무 세게 깨문 입술이 터져서 피가 튀었다.

키이잇!

쐐애액!

순간 양손의 검과 채찍이 허공을 갈랐다.

동시에 그녀의 두 발이 각기 다른 방향으로 뻗어갔다.

파파!

좌좌악!

퍽! 퍽!

여섯 개의 격타음이 허공중에서 어지럽게 터졌다.

자미룡의 검이 한 명의 목을 자르고 또 한 명의 심장을 후벼 팠다.

그리고 채찍이 두 명의 목을 한꺼번에 휘감아 자르면서 허공으로 날려 버렸다.

마지막으로 왼발이 한 명의 턱을 걷어차서 으깨 버렸고, 오른발 뒤꿈치가 다른 한 명의 정수리를 찍어 즉사시켰다.

그러나 두 명을 놓쳤다.

푹!

"헉!"

불에 달군 인두로 지진 듯 화끈한 느낌과 함께 자미룡은 아랫배에 묵직한 충격을 받았다.

아래에서 상승하는 팔혼낭차의 탈비삼검이 그녀의 아랫배를 깊숙이 찌른 것이다.

그러나 그게 끝이 아니다.

마지막 공격자의 탈비삼검이 그녀의 머리 위에서 정수리를 쪼개오고 있었다.

키이이!

자미룡은 고개를 들어 탈비삼검을 올려다보면서도 그것을 피할 재간이 없었다.

그녀는 죽음이 목전에 도달했음을 깨달았다.

그리고 거짓말처럼 독고풍이 짓궂은 미소를 짓고 있는 모습이 선명하게 눈앞에 떠올랐다.

자미룡의 입가에 흐릿한 미소가, 두 눈에는 한없는 그리움이 가득 넘쳐흘렀다.

그녀는 마지막 순간에 사랑하는 독고풍의 모습이 떠올라준 것에 진심으로 감사했다.

그의 여자가 되지는 못했지만, 또한 그의 사랑을 듬뿍 받아보지는 못했으나, 마지막 순간에 그의 미소 하나면 마음 편하게 죽을 수 있을 것 같았다.

그녀의 피투성이 작은 입술이 달싹거리며 흐릿한 중얼거림이 흘러나왔다.

"안녕, 풍 랑… 사랑해요……."

퍼억!

꽤 큰 음향과 함께 하나의 머리가 산산조각 나며 피와 뇌수가 허공에 좍 뿌려졌다.

第八十二章
사면초가(四面楚歌)

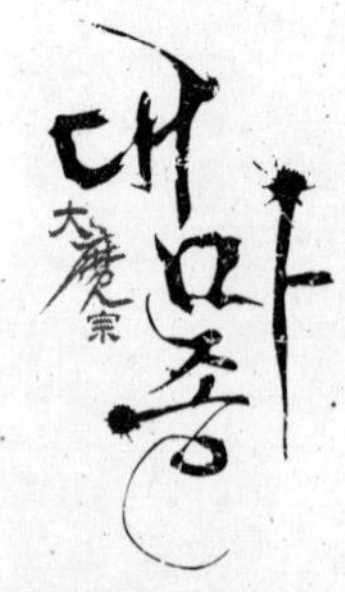

대마종
大麎宗

털썩!

　머리를 잃고 몸뚱이만 있는 시체 하나가 묵직하게 바닥에 떨어졌다.

　그러나 그것은 팔혼낭차의 복장을 하고 있었다. 자미룡의 정수리를 쪼개려던 바로 그자였다.

　자미룡은 허공중에 누운 자세로 떠 있었다. 누군가 그녀를 안고 있는 것이다.

　그러나 그녀는 그 사실을 몰랐다. 아랫배가 관통될 정도로 깊게 찔린 상처에서 한꺼번에 너무 많은 피가 쏟아지고 있어서 정신이 희미해져 갔다.

무적사마영의 조재가 자미룡을 안은 채 스르르 하강하여
백사장에 내려섰다.

뒤를 이어 궁의와 원진, 혈오가 허공에서 수직으로 하강하
여 조재를 등지고 세 방향을 경계했다.

아슬아슬하게 현장에 당도한 조재가 자미룡의 머리를 쪼
개려던 팔혼낭차의 머리를 일장으로 박살 내고 그녀를 구한
것이었다.

"조재, 어서 가라."

원진이 등진 자세로 빠르게 말했다.

무적사마영은 독고풍으로부터 자미룡을 구하는 즉시 탈출
하라는 명령을 받았다.

독고풍이 도착하기 전에 운 좋게 탈출에 성공한다면, 필경
좋지 않은 결말을 불러올 이 싸움을 피할 수 있게 된다.

조재는 힘껏 땅을 박차고 수직으로 솟구쳤다.

그가 자미룡을 데리고 무사히 이곳을 빠져나가기만 하면
경공이 뛰어난 원진 등 두 사람이 탈출하는 것은 쉬운 일이
다.

그러나 조재는 일 장 반 높이까지 상승했다가 다시 지상으
로 하강해야만 했다.

포위하고 있던 이백오십 명의 팔혼낭차가 지상과 허공을
새카맣게 뒤덮은 채 일제히 덮쳐 오면서 탈비검을 소나기처
럼 쏟아내고 있었기 때문이다.

조재가 위험을 무릅쓰고 계속 솟구치거나 방향을 틀었다면 그와 자미룡은 온몸이 난도질당하고 말 것이다.

자미룡을 두 팔로 안고 있는 조재로서는 손을 쓸 재간이 없기 때문이다.

슈슈슈숙!

팔혼낭차들의 집중 공격을 원진과 궁의, 혈오는 세 방향에서 맞이했다.

슈욱!

그때 허공에서 지상으로 하나의 인영이 뚝 떨어져 내려 조재 앞에 사뿐히 내려섰다.

자미룡은 몽롱한 정신으로 눈을 감지 않으려고 애쓰다가 자신의 앞에 독고풍이 서 있는 것을 발견했다.

독고풍의 얼굴은 짙은 염려로 가득 물들어 있었다.

"풍 랑……."

대놓고 독고풍을 '풍 랑'이라고 부르기는 처음이다.

그러나 자미룡은 괜찮다고 생각했다. 왜냐면 이것은 현실이 아니라 독고풍의 허상이기 때문이다.

"진아."

독고풍의 허상이 가까이 다가와서 손을 뻗어 자미룡의 뺨을 쓰다듬었다.

허상인데도 그의 손길이 따스하게 느껴져서 소르륵 눈물이 솟구쳤다.

"사랑해요……."

자미룡이 속삭였다.

"이 녀석, 이렇게 날 걱정시키다니……."

독고풍은 즉시 자미룡의 아랫배에 손바닥을 덮어 부드러운 양강지기를 발출하여 임시방편으로 상처를 봉합했다.

그것으로 출혈이 멈추었다. 이제 그녀를 안전한 곳으로 옮겨 내상을 치료하면 생명에는 큰 지장이 없을 것이다.

독고풍은 조재에게서 자미룡을 넘겨받아 안았다. 조재에게 자미룡을 맡기는 것은 두 사람 다 위험에 빠뜨리는 일이기 때문이다.

조재는 즉시 원진 등과 합류하자마자 팔혼낭차와 싸우기 시작했다.

이백오십 명의 팔혼낭차 중에 백여 명이 독고풍과 무적사마영을 공격했고, 나머지 백오십 명은 삼 장 밖에서 포위망을 구축했다.

독고풍은 자미룡의 복부 상처를 지혈하느라 약간 지체하는 바람에 도주할 시기를 놓쳐 버렸다.

그렇다고 피를 철철 흘리고 있는 그녀를 안고 도주하다가는 얼마 못 가서 과다출혈로 죽고 말 것이다.

팔혼낭차들의 반응은 예상보다 빨랐다. 그들은 이미 무적사마영에게 공격을 퍼붓고 있었다.

마치 거대한 해일이 한꺼번에 밀어닥치는 듯한 공격이었다.

무적사마영은 복판에 독고풍을 반 장 거리로 등진 상태를 유지한 채 사방에서 몰려오는 팔혼낭차들을 주살하기 시작했다.

무적사마영은 적멸가인보다는 조금 약하지만 자미룡보다는 고강한 편이다.

그러므로 그들 네 명이 백 명의 팔혼낭차를 상대하는 것은 그다지 어려운 일이 아니었다. 그대로 내버려 둔다면 이각 안에 모두 전멸시킬 수 있을 것이다.

지금처럼 무적사마영이 일 장도 안 되는 반경을 유지한 상태에서 서로 등진 형세를 갖추고 있으면 공격자들은 대거 공격을 하지 못한다.

공격을 하는 데는 최소한의 '행동반경' 이라는 것이 필요하기 때문이다.

너무 많은 인원이 공격을 하게 되면 행동반경이 확보되지 못하여 무기를 휘두르지 못하고 오히려 동료들을 다치게 할 수도 있다.

아까 오십 명의 팔혼낭차가 자미룡 한 사람을 공격할 때에는 세 겹의 포위망을 형성했었다.

자미룡을 직접 공격하는 제일선이 다섯 명, 제이선이 열다섯 명, 제삼선이 오십 명이었다.

그것이 가장 보편적이면서도 효율적인 공격 방법이다. 제일선이 천천히 오른쪽으로 회전하면서 공격하면, 제이선은 왼쪽, 제삼선은 오른쪽으로 돌면서 앞쪽 포위망의 틈으로 목표물을 공격하는 방법이다. 그런 방법은 고도의 기술과 오랜 수련을 필요로 한다.

지금 백 명의 팔혼낭차는 두 겹의 포위망을 구축한 상태다. 제일선이 삼십 명이고, 제이선이 칠십 명이다.

무적사마영이 일 장도 채 되지 않는 반경을 유지하고 있기 때문에, 제일선 삼십 명의 팔혼낭차는 가장 효율적인 최단 거리인 일 장 반과 이 장 사이에 둥글게 포진한 상태였다.

사실 그처럼 좁은 원을 삼십 명이라는 인원이 형성하는 것은 무리다.

적을 공격할 수 있는 최소한의 '행동반경'을 확보할 수 없기 때문에 공격보다는 자중지란(自中之亂)이 벌이지고 만다.

그런데 제일선을 형성한 삼십 명의 팔혼낭차는 비단 서로 부딪치는 자중지란이 벌어지지 않을뿐더러, 혀를 내두를 정도로 빠르고도 위력적인 공격을 퍼부어대고 있었다.

삼십 명이 십오 명씩 엇물린 톱니 모양을 형성하고 있기 때문이다.

즉, 십오 명이 반걸음쯤 뒤로 물러난 상태인 것이다. 그렇기 때문에 서로 몸을 부딪치지도 않고 원활하게 공격을 퍼부을 수가 있는 것이다.

그렇다고 제이선의 칠십 명이 그저 포위망만 형성하고 있는 것이 아니다.

그들은 제일선 삼십 명이 공격을 하고 무기를 거두는 그 짧은 순간을 정확하게 포착하여 비좁은 틈새로 무적사마영을 공격했다.

그러므로 무적사마영 각자는 매순간 한꺼번에 대여섯 자루의 검이 공격해 오는 것을 상대해야 하는 것이다.

그렇지만 무적사마영은 과연 대단했다. 그런 상황에서도 세 호흡이 지나기도 전에 열 명의 팔혼낭차를 거꾸러뜨렸다.

쐐애액! 쐐액!

그런데 그때 날카로운 파공음과 함께 수백 개의 탈비검이 허공을 가득 뒤덮으며 소나기처럼 쏘아왔다.

가까이 접근한 백여 명의 팔혼낭차는 탈비삼검으로, 삼 장 밖에서 포위망을 구축한 백오십 명의 팔혼낭차는 탈비검을 발출한 것이다.

팔혼낭차 백오십 명이 발출한 삼백 개의 탈비검이 허공을 가르고 쏘아오는데도 서로 엉키는 것이 일체 없었다.

그중 이백여 개는 무적사마영에게, 나머지 백여 개는 허공에서 아래로 수직낙하하면서 독고풍을 공격했다.

탈비검이 무적사마영을 집중 공격할 때에도 백 명의 팔혼낭차의 공격은 멈추지 않았다. 아니, 오히려 더욱 거세게 공격해 왔다.

무적사마영에게는 탈비검이라는 전혀 예상하지 않았던 변수가 작용을 한 것이다.

그들은 백 명의 팔혼낭차를 시종 여유있게 상대하고 있었
는데 느닷없는 탈비검의 공격으로 삽시간에 균형이 무너져
버렸다.

그때부터 무적사마영은 더 이상 팔혼낭차를 죽이지 못하
고 독고풍을 보호하는 데에 주력했다.

차차차차창!

그러자면 소나기처럼 쏟아지는 탈비검을 무기로 쳐낼 수
밖에 없다.

쐐애액! 쐐액!

무적사마영은 백여 자루의 탈비검이 머리 위에서 독고풍
을 향해 수직낙하하는 것을 알면서도 어떻게 손을 써볼 여유
가 없는 상황이었다.

독고풍은 두 팔로 자미룡을 안고 있기 때문에 행동이 자유
롭지 않았다.

그렇다고 한 팔로 안으면 자세가 불안정하여 임시방편으
로 지혈시킨 자미룡의 아랫배 상처가 다시 터질까 봐 그러지
도 못했다.

그는 어렵사리 오른손을 빼내서 활짝 펼쳐 위를 향해 일장
을 발출했다.

뷰우움!

기이한 음향이 뒤늦게 흘러나왔고, 그보다 먼저 거무스름
한 반투명의 얼음 같은 기운이 수직으로 위를 향해 뿜어지면

서 넓게 확산됐다.

그것은 마치 고요한 물에 햇빛이 반사되는 것과 같은 광경이었다. 다만 거무스름한 색이라는 것이 햇빛과 달랐다.

그것은 마도의 절정고수만이 지니고 있는 마정승기였다. 무적사마영이 전개하는 것보다 두 배 가까이 강력했다.

채채채챙!

소나기처럼 쏟아져 내리던 백여 자루의 탈비검이 요란한 소리를 내며 태풍에 휩쓸리듯 뒤엉켜서 위로 솟구쳤다.

강사끼리 서로 엉켰기 때문에 누가 보더라도 백여 자루 탈비검은 무용지물이 될 것 같았다.

쏴아아—

그런데 엉킨 탈비검들이 모조리 자연스럽게 풀리면서 자신들의 주인을 향해 쏘아가 원래의 탈비삼검에 착검되는 것이 아닌가.

그렇게 된 이유는 두 가지다. 탈비검에 연결된 강사가 특별한 것이고, 팔혼낭차들의 탈비검 다루는 솜씨가 뛰어나기 때문이다.

잘 구부러지지 않고 뻣뻣한 재질의 특수 강사는 엉키는 법이 없다. 엉키더라도 기술을 발휘하여 잡아당기면 간단하게 풀리게 되어 있다.

"풍 랑."

문득 자미룡이 희미한 목소리로 독고풍을 불렀다.

“응?”

독고풍이 주위를 경계하면서 건성으로 대꾸하자 자미룡이 뚱딴지같은 소리를 했다.

“왜 왔어요?”

독고풍이 제때 지혈을 하지 않았으면 그녀는 혼절했을 것이고, 생명이 위독했을 것이다.

그녀는 더 이상 출혈을 하지 않게 되자 정신이 점차 맑아지고 있었다.

“널 구하려고 왔지.”

독고풍은 삼 장 밖 포위망을 형성한 팔혼낭차 백오십 명이 두 번째 탈비검을 발출하는 광경을 보면서 여전히 건성으로 대답했다.

“소녀가 죽으면 슬퍼할 건가요?”

“죽긴 왜 죽어!”

독고풍이 갑자기 그녀를 굽어보며 버럭 소리를 지르는 바람에 무적사마영은 가볍게 놀라서 위험한 상황에 놓일 뻔했으나 곧 원상회복했다.

그러나 정작 자미룡은 놀라지 않았다. 대신 온몸이 짜릿짜릿할 정도로 흐뭇했다. 자신의 죽음에 대해서 독고풍이 역정을 냈기 때문이다.

“소원이 있어요.”

자미룡은 지금이 어떤 상황인지, 그리고 자신이 중상을 입었다는 사실을 모르는지 알 수 없는 말을 이어갔다.

“뭔데?”

독고풍은 첫 번째보다 더욱 강력하게 우박처럼 쏟아져 내리는 백여 자루의 탈비검을 다시 한 번 마정승기를 발출하여 모조리 튕겨내면서 다시 건성으로 돌아갔다.

“들어줄 거죠?”

“뭔데 그래?”

무적사마영이 힘겨워하는 모습이 독고풍의 눈빛을 흔들었다.

이리저리 움직이면서 치고받고 해야 실력을 십분 발휘할 수 있는데, 한자리에 서서 싸우기 때문에 제 실력의 육, 칠 할밖에 발휘하지 못하고 있는 것이다.

무적사마영은 어떻게든 이 상황을 호전시켜 보려고 애썼으나, 너무 악조건이라서 먼지에 새기고 그림자를 입으로 부는 것[陋塵吹影]처럼 헛된 노력이었다.

“소녀를 부인으로 맞아주세요.”

그렇게 말하는 자미룡의 눈이 흑진주처럼 빛났다.

“엉?”

너무 난데없는 말이라서 독고풍은 어이없다는 표정을 지었다.

그가 굽어보니 자미룡의 두 눈에 물기가 촉촉하게 스며 초롱초롱하게 반짝였다.

“그럼 죽지 않을게요.”

“부인으로 맞이하지 않으면 죽을 거구?”

“그럴 것 같아요.”

“너…….”

독고풍은 와락 인상을 쓰고 그녀를 노려보았다.

무적사마영도 자미룡의 말을 다 들었다. 일부러 들은 것이 아니라 등 뒤에서 들리는 것을 어쩌랴.

하지만 그들은 주인의 일에 끼어들 수 없다. 또한 그럴 여유도 없었다.

자미룡은 자신을 구하러 독고풍이 직접 달려온 것을 보고 크게 감동했다.

그리고 한 가지 사실을 깨달았다. 여태껏 그녀가 생각하고 있던 것보다 그가 더 많이 자신을 생각하고 있다는 사실을.

그래서 그녀는 그것을 그의 ‘사랑’ 이라고 판단했다.

그녀는 지금 이 순간이 기회라고 생각했다. 어쩌면 이것은 독고풍에게 술을 진탕 마시게 해서 억지로 동침을 하는 것보다 더 효과적일 것이다.

독고풍은 ‘무가내’ 라고 불릴 정도로 억지스럽고 또 막무가내이며 비상식적인 성격이다.

그래서 자미룡은 그의 억지스러움과 비상식에 자신의 억지로 승부를 걸려고 하는 것이다.

인상을 쓰면서 자미룡을 쏘아보던 독고풍의 얼굴이 풀어

지며 어쩔 수 없다는 표정을 지었다.

"알았다."

그러자 자미룡의 얼굴에 두 가지 표정이 동시에 떠올랐다. 작은 기쁨과 큰 불신이다.

자미룡의 눈이 동그랗게 커졌다.

"저, 정말인가요?"

"그래."

독고풍은 다시 건성으로 대답하면서 빠르게 주위를 둘러보았다.

그때 자미룡이 두 손을 뻗어 그의 얼굴을 잡고 자신 쪽으로 틀었다.

"소녀를 보면서 제대로 말해주세요."

그녀가 뺨을 세게 쥐는 바람에 독고풍의 얼굴이 납작해지고 입이 뾰족해졌다.

"진아, 너를 내 부인으로 맞이하겠다."

"아……."

사실 독고풍에겐 부인이라는 것과 측근의 여자라는 것은 별다른 차이가 없었다.

그가 진정으로 사랑하는 여자는 은예상뿐이다. 다른 여자들은 그저 좋아할 뿐이다.

아니, 어쩌면 사랑인지도 모른다. 어쨌든 그가 자신의 목숨을 비롯하여 모든 것을 포기할 만큼 사랑하는 여자는 은예상이다.

적멸가인과 요마낭도 부인이 된 마당에 자미룡 하나 더 부인으로 삼는 것은 어려운 일이 아니다.

그만큼 그는 아직 세상에 대해서 모르고, 여자에 대해서는 더 모르고 있었다.

"됐지?"

"그럼… 하나만 더 약속해 줘요."

"또 뭔데?"

여자의 용기란, 그리고 억지란 끝이 없다.

"조만간 나와 함께 자요."

이제 독고풍은 '여자와 잔다' 는 것이 무슨 의미인지 안다.

"알았다."

하지만 그것 역시 어려운 일이 아니다. 적멸가인하고 잔 것처럼 자미룡하고도 자면 그만이다.

단 자미룡이 스스로 자빠져야만 할 것이다.

여자와 한 몸이 되고 나면 그에 따른 책임이나 의무가 있다는 사실을 독고풍은 모른다.

하지만 독고풍 측근의 여자들은 그런 것을 염려하지 않는다.

잤든 자지 않았든, 그는 측근 여자들에게 지나칠 정도의 책임감과 의무감을 갖고 있다.

또한 그는 좋아하지 않는 여자에게는 애정이나 성욕 같은 것을 느끼지 않는다.

자미룡은 비명을 지르고 싶을 정도로 기뻤지만 꾹 참았다. 독고풍 가슴에 얼굴을 묻고 몸을 바르르 떨면서 희열하는 것으로 대신했다.

"주인님!"

듣다 못한 원진이 적을 향해 현란하게 검을 휘두르면서 짧게 외쳤다.

"업히겠어요. 그리고 소녀에게도 검을 주세요."

자미룡이 독고풍의 품에서 빠져나가려고 몸을 움찔거렸다.

"괜찮겠느냐?"

그녀는 애써 환하게 웃어 보였다.

"아까보다는 훨씬 좋아졌어요."

더 나빠진 상태가 아니지만, 그녀는 그런 말로 독고풍을 안심시켰다.

독고풍은 그녀를 굽어보았다. 그녀는 염려하지 말라고 눈빛과 희미한 미소로 대답했다.

독고풍은 가볍게 고개를 끄덕이고 나서 자미룡을 등에 업으며 발끝으로 땅에 떨어져 있는 검 한 자루 슬쩍 차올렸다.

척!

자미룡은 허공으로 떠오른 검을 오른손으로 움켜잡고 왼팔로는 독고풍의 목을 안았다.

“됐어요.”

독고풍은 품속에서 석검을 뽑으면서 원진 왼쪽으로 미끄러지듯이 앞으로 나갔다.

“가자.”

그 말에 원진과 혈오가 독고풍의 왼편으로 약간 뒤처져서, 조재와 궁의가 오른편에 역시 같은 위치를 잡으면서 뒤따랐다.

후웅!

독고풍이 공력을 일으켜 오른손에 주입시키자 석검이 낮은 울음을 흘리면서 무려 반 장 길이로 늘어났다.

그러나 사실은 두 자 길이의 석검 끝에서 먹처럼 검은 빛이 튀어나온 것이다.

즉 마정승기로 일으킨 검강(劍罡)이다. 무적사마영의 마정승기하고는 비교도 할 수 없을 정도로 강력한 것이다.

드으—

“으악!”

“크아악!”

독고풍이 잡은 방향은 당하 하류 쪽. 그가 곧장 앞으로 돌진하면서 석검을 좌에서 우로 번개같이 한차례 그어대자 전면에 있던 네 명의 팔혼낭차가 모두 허리가 두 동강이 나서 처절하게 비명을 지르며 거꾸러졌다.

그는 보법을 사용하지도 않고 오직 앞으로만 전진하면서

석검을 번쩍번쩍 그어댔다.

자미룡과 무적사마영을 그토록 괴롭혔던 팔혼낭차들이 독고풍 앞에서 무더기로 죽어갔다.

독고풍을 따르는 무적사마영은 좌우 측면을 공격하는 팔혼낭차들을 상대했다.

독고풍이 빠른 속도로 돌진하면서 전방을 뚫으니 무적사마영은 싸우기가 한결 수월했다.

자미룡은 검을 움켜잡은 채 독고풍과 무적사마영이 미처 막아내지 못한 적이 있을까 날카롭게 두리번거렸다. 그녀는 제 한 몸만 지키면 된다.

팔혼낭차들은 겹겹이 독고풍 일행을 포위한 상태에서 그의 속도에 맞추어 함께 이동하며 여태까지보다 더욱 강력한 공격을 퍼부었다.

탈출하려는 독고풍 일행이나, 그것을 저지하려는 팔혼낭차들 양쪽 모두 결사적이었다.

독고풍이나 무적사마영 중에 누구 하나라도 여차 실수를 하게 되어 그쪽이 뚫리면 그들의 형세는 여지없이 무너지고 말 것이다.

독고풍은 이십여 장을 전진하는 동안 삼십여 명의 팔혼낭차를 죽이고 강둑 위로 올라섰다.

그곳은 사방이 탁 트이고 평평하며 군데군데 커다란 바위가 있는 드넓은 초지였다.

독고풍은 여전히 마정승기로 일으킨 검강을 전개하고 있었지만, 처음처럼 무더기로 팔혼낭차를 죽이지는 못했다.

팔혼낭차들은 바보가 아니다. 아니, 그들은 고도의 수련을 받은 일급 살인 무기들이다.

처음 두세 차례 독고풍의 검강에 십이삼 명이 거꾸러지자 그들은 즉각 공격 형태를 바꿨다.

검강이 미치지 않는 거리를 유지한 상태에서 전면과 전면의 좌우, 그리고 허공에서 파상 공격을 빗발치듯 퍼부었다.

독고풍은 무림에 출도한 이후 무리를 상대로 여러 차례 싸움을 벌였지만, 지금처럼 적을 죽이는 것이 까다로웠던 적은 한 번도 없었다.

강둑 위의 초지에 올라서자 독고풍 일행의 전진 속도가 한층 더뎌졌다.

반면에 팔혼낭차들의 공격은 무적사마영과 자미룡을 상대할 때보다 몇 배나 거세졌다.

독고풍은 멀찍이 거리를 둔 채 뒷걸음치면서 이동하고 있는 팔혼낭차들보다는 파상 공격을 해오는 팔혼낭차들을 상대하기 바빴다.

적들은 검기나 검강을 전개하지 못하므로 공격하려면 가까이 접근할 수밖에 없다.

독고풍은 그런 자들을 한 명도 놓치지 않고 일일이 주살했다. 그러다 보니까 전진하는 속도는 늦어지고 죽어가는 적의 수도 줄어들었다.

독만 있으면 이깟 팔혼낭차 이백 몇십 명 정도야 한순간에 독살시킬 수가 있다.

그러나 지금 그의 체내에는 한 움큼의 독도 남아 있지 않은 상태다.

어제 새벽에 중천방 오합지졸들을 몰살시키느라 지니고 있던 수십 가지 독들을 모조리 쏟아냈었다.

만독불침지신이라고 해서 가만히 있으면 독이 저절로 생성되는 것이 아니다.

필요한 독들을 섭취하거나 흡수해서 체내에 비축해 둬야 유사시에 사용할 수 있다.

'이런 식으로는 안 되겠다.'

그는 금강불괴라서 마구잡이로 뚫고 나가면 되지만 그렇게 하면 자미룡이 벌집이 되고 말 것이다.

문제는, 팔혼낭차들이 여태까지 독고풍이 상대한 고수들하고는 비교도 안 될 만큼 강하다는 것이다.

게다가 그들은 진짜 싸움이라는 것을 잘 알고 있었다. 그들 한 명 한 명이 수백 차례 치열한 싸움에서 살아남은 백전노장 같았다.

'그렇지! 호신강기다!'

순간 독고풍은 기발한 생각을 떠올렸다. 호신강기를 일으켜서 자신과 자미룡을 비롯한 모두를 그 안에 넣은 채 최대한 빠른 속도로 탈출한다는 계획이었다.

보호막은 삼, 사 장까지도 넓게 칠 수 있지만, 소리가 새어 나가지 않게 하는 정도의 기능뿐, 공력이 실린 무기를 막아내지는 못한다.

강력한 호신강기가 필요한데, 현재 독고풍의 내공으로는 반경 일곱 자까지 가능하다.

그 범위 안에 여섯 명이 뭉쳐서 최대한 빠른 속도로 탈출해야 하는 것이다.

허공으로는 안 된다. 각자의 무위가 다르기 때문에 높이와 속도 등을 균일하게 맞추는 것이 불가능하다.

독고풍이 무적사영에게 전음을 보내자마자 그들은 재빨리 밀착해 왔다.

원진과 조재는 독고풍의 좌우에서 그의 어깨를 잡았고, 혈오와 궁의는 두 사람의 뒤에서 팔을 짧게 뻗어 앞 사람의 어깨를 잡았다.

휘이익!

아니, 잡았다고 여긴 순간 여섯 사람은 한 덩이가 되어 쏜살같이 당하 하류를 향해 쏘아갔다.

퍼퍼퍽!

아무런 방비도 하지 않은 앞쪽에 있던 팔혼낭차들이 호신강기에 튕겨져 허공으로 훌훌 날아갔다.

그들은 갑자기 빠른 속도로 쏘아오는 독고풍을 미처 피하

지 못하고 맹렬하게 탈비삼검을 휘둘렀으나 독고풍 두 자 앞
에서 호신강기에 튕겨 이유도 모른 채 날아갔다.

호신강기는 투명해서 눈에 보이지 않기 때문에 팔혼낭차
들은 일순간 당황하면서도 물러나지 않고 더욱 거센 집중 공
격을 퍼부었다.

퍼퍼퍼퍼퍽!

그러나 그들의 무기가 모조리 튕겨졌고, 막아선 자들은 호
신강기에 부딪쳐 가랑잎처럼 날아갔다.

그러나 독고풍의 경공은 그다지 빠르지 못했다. 호신강기
에 공력의 칠 할 이상을 사용했기 때문이다.

그것을 눈치챈 좌우의 원진과 조재가 독고풍의 어깨를 잡
은 손에 공력을 주입했다. 그로써 독고풍은 무적사마영과 같
은 속도를 낼 수 있게 됐다.

그때 독고풍 일행이 전진하고 있는 앞쪽 포위망 너머의 일
각이 무너지기 시작했다.

뒤늦게 도착한 적멸가인이 포위망 외곽의 팔혼낭차들을
무차별 주살하고 있는 것이다.

독고풍은 그녀에게 전음을 보내 물러가게 하고 싶었으나
전음이든 육성이든 호신강기를 통과하지 못한다.

그는 탈출하려고 전력을 다하고 있는데, 적멸가인은 오히
려 그가 전진하고 있는 쪽에서 공격을 해오고 있는 상황이다.

그때 그보다 더 큰일이 벌어지고 있었다.

독고풍은 전면 머리 위의 높은 곳에서 두 개의 인영이 빛살을 방불케 하는 속도로 자신을 향해 하강하고 있는 것을 발견하고 가볍게 안색이 변했다.

순간 두 인영이 갈라졌다.

하나는 비스듬히 적멸가인을 향해 쏘아가고, 다른 하나는 독고풍의 머리 위를 향해 벼락처럼 내리꽂히고 있다.

그들의 경공 속도는 독고풍에 비해서 하수가 아니었다.

독고풍은 자신의 머리 위로 내리꽂히고 있는 인물이 팔혼낭차의 우두머리, 즉 팔등주일 것이라고 판단했다.

대천십등의 모든 등주는 일절신제로 이루어졌다고 했다.

혈오가 독고풍과 일절신제의 무위를 비교해서 설명하지는 않았지만, 독고풍은 그가 처음 맞이하는 강적일 것이라고 직감했다.

대천신등 총 이십육만 고수 중에서 가장 고강한 자들이 일절신제다.

그들은 불과 백 명으로 이루어졌다. 그것은 대천신등 내에서 최강이라는 뜻이다.

독고풍은 머리를 아래로 한 자세로 내리꽂히는 갈의장포인이 허리에 차고 있는 도를 뽑는 것을 발견했다.

독고풍은 그자 정도라면 호신강기를 깰 수 있을 것이라고 직감했다.

"흩어져라."

전음을 할 여유도 없었다. 그는 짧게 외치면서 자미룡을 원
진에게 던졌다.
　자미룡이 귀찮아서가 아니라 자칫 그녀가 다칠지도 모르
기 때문이었다.

第八十三章

악전고투(惡戰苦鬪)

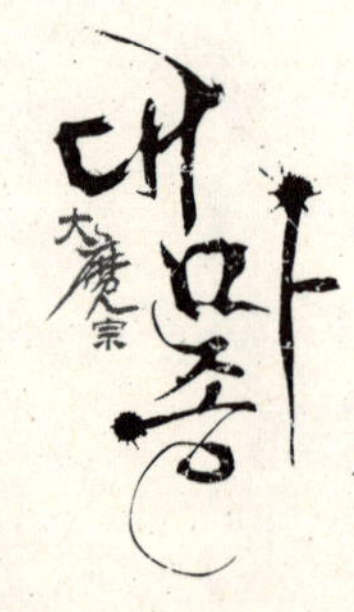

무적사마영이 사방으로 좍 흩어졌다.

그들은 독고풍보다 일수유 정도 늦게 머리 위의 인물을 발견했기 때문에 명령이 떨어지자마자 즉각 행동에 옮길 수 있었다.

갈의장포인, 즉 팔등주는 독고풍의 정수리를 향해 곧장 쏘아내리며 수중의 도를 위로 치켜들었다.

독고풍은 팔등주의 도에서 푸르스름하며 투명한 광채가 일렁이는 것을 발견했다.

'도강(刀罡)이다.'

무적사마영의 원진과 조재, 궁의는 강기를 전개할 수 있다.

마정승기가 곧 강기이기 때문이다. 그러나 아직은 초보 단계에 머물러 있다.

적멸가인도 강기를 전개할 수 있다. 무림이대신강의 하나인 오행회선강이 바로 강기다.

임독양맥이 소통되기 전에 그녀가 발출했던 오행강은 오행기(五行氣)라고 해야 옳다. '기' 와 '강' 은 엄연히 다르다.

얼마 전까지만 해도 그녀의 오행회선강은 육성 수준이었으나 지금은 팔성에 이르렀다.

하지만 실전에서 전혀 사용해 본 적이 없기 때문에 전개는 할 수 있지만 서툰 수준이다.

그런데 지금 독고풍은 팔등주의 도에서 일렁이고 있는 강휘(罡輝)를 보면서 그의 도강이 완벽한 수준일 것이라고 직감했다.

강기는 절정에 이를수록 투명해지기 때문이다.

팔등주의 도가 맹렬하게 그어 내려지는 순간,

슈욱!

독고풍은 힘껏 땅을 박차고 수직으로 솟구쳐 올랐다.

팔등주가 수직낙하하면서 도강을 전개하면 제자리에 서서 도강을 전개하는 것보다 삼 할 이상 강할 것이다.

독고풍은 그것을 가만히 서 있다가 마주 반격을 할 정도로 바보가 아니다.

힘껏 지면을 박차고 솟구치면서 검강을 발출하면, 수직낙

하하는 것만큼은 아니더라도 제자리에 선 채 발출하는 것보
다 이 할 정도 위력이 증가할 것이다.

슈우우―

그는 공력을 극한으로 끌어올려 쏘아 오르면서 천마신위
강을 전개, 석검에 주입시켰다.

지그시 어금니를 악물고 이글거리는 눈빛으로 팔등주를
쏘아보면서 그는 내심 단호하게 외쳤다.

'저깟 놈에게 패하면 대마종이 아니다!'

일절신제는 백 명이나 있다고 하는데, 그중 한 명에게 패한
다는 것은 생각하고 싶지도 않았다.

일절신제 위에는 대천칠군이 있고, 그 위 정점에는 천신황
이 버티고 있다.

독고풍은 자신의 적수는 천신황 정도여야 한다고 생각했
다.

이따위 일절신제 팔등주는 피라미일 뿐이다.

팔등주의 얼굴이 가까이에서 보였다.

생각보다는 어렸다. 삼십이삼 세가량의 나이에, 까칠한 짧
은 수염이 턱을 뒤덮은 모습인데, 두 눈에서 흉흉한 안광이
폭사되고 있었다.

독고풍의 속 깊은 곳에서 호승심이 불끈불끈 솟구쳤다.

"이놈 자식―!"

그는 젖 먹던 힘까지 끌어올려 석검에 주입시키고 그어져

내리는 팔등주의 도강을 부딪쳐 갔다.

키이잉—

새파란 반투명의 조각달을 닮은 도강이 허공을 쪼개며 빛처럼 하강했다.

그 도강은 대천신등 최고 신공인 대미신력(大彌神力)이 만들어낸 것이다.

고오—

거의 투명한 핏빛과 금빛이 뒤섞인 한줄기 광채의 검강이 번갯불처럼 쏘아 올랐다.

마도 최강 신공인 천마신위강과 대천신등 최고 신공 대미신력의 격돌이다.

쩌어—

두 개의 전혀 다른 강기가 정통으로 부딪치자 작은 태양이 폭발하는 듯한 엄청난 밝기의 섬광이 십여 장 이내를 집어삼키며 그와 동시에 모두의 심장을 긁는 듯한 고요하면서도 강렬한 음향이 흘렀다.

섬광과 음향에 모두 싸움을 중지하고 위를 올려다보았다.

꽈르르르—!

그 순간 천번지복(天飜地覆)의 어마어마한 폭발음이 터졌다.

그와 동시에 섬광 속에서 두 개의 인영이 쏜살같이 튕겨져 나갔다.

하나는 까마득한 허공으로 솟구쳤고, 또 하나는 땅을 향해 수직으로 맹렬하게 하강했다.

펙!

땅에 충돌한 독고풍은 땅속 반 장 깊숙이 파묻혔다.

"풍 랑!"

"주인님!"

자미룡과 무적사마영이 다급히 외쳤다.

하지만 독고풍은 그 즉시 구덩이에서 허공으로 쏘아 올랐다.

그가 쏘아 오르는 속도는 그곳에 남겨둔 말보다 더 빨랐다.

"너 이제 죽었다!"

고수끼리의 싸움. 더구나 내공이 고강한 두 사람의 싸움은 결코 길게 가지 않는 법이다.

가담항설(街談巷說)에 의하면, 어느 절정고수가 또 다른 절정고수와 삼 주야 동안 싸웠네, 아니면 오 주야를 싸웠어도 승부가 나지 않았네, 라고들 하지만, 실제로 고강한 인물들끼리의 싸움일수록 불과 몇 초식 만에 승부가 나게 마련이다.

이 경우에 패자는 거의 죽음에 이르고, 승자라고 해도 온전한 상태는 아니게 된다.

강 대 강(强對强)은 어느 한쪽이 반드시 부러진다.

독고풍과 팔등주는 단 한 번의 격돌로 굉장한 충격을 받은 상태다.

또한 자신에게 가해진 충격과 반탄력으로 상대의 수준을 충분히 가늠할 수 있었다.

독고풍과 팔등주는 두 개의 강기가 부딪치는 순간 엄청난 충격파 때문에 한순간 정신을 잃었다.

정확하게 따지자면 팔등주가 조금 더 심한 충격을 받았다.

독고풍은 내장이 크게 흔들리는 정도였으나, 팔등주는 가볍지 않은 내상을 입었다.

두 가지 요인 때문이다. 미미한 차이지만, 천마신위강이 대미신력보다 강했다. 그리고 독고풍의 내공이 팔등주보다 조금 우위였다.

둘이 똑같이 정신을 잃었지만 독고풍은 땅과 충돌하는 충격 덕분에 정신을 차렸다.

충격으로 인한 혼절을 또 다른 충격이 깨어나게 해주었다.

반면에 팔등주에게는 독고풍 같은 행운이 따라주지 않았다.

믿어지지 않게도 그는 방금 전 격돌의 반탄력에 의해 지상에서 무려 십오륙 장 높이까지 수직으로 솟구쳐 오르고 있었다.

반탄력이 다해서 솟구침이 멈추고 허공중에 잠시 멈추는가 싶더니 다시 하강하면서 팔등주의 몸이 빙글 돌려지며 얼굴이 아래로 향했다.

그 순간 그는 혼절에서 깨어났다.

그리고 그가 가장 먼저 발견한 것은 불과 이 장 아래쪽에서 맹렬하게 솟아오르고 있는 독고풍이었다.

인간이란 아무리 똑똑하다고 해도, 제아무리 혹독한 수련을 받았다고 해도 혼절에서 깨어나자마자 눈앞의 상황을 일목요연하게 알아차릴 수는 없다.

그런 점에서 팔등주도 예외는 아니었다. 그는 눈앞에 보이는 사람과 지금 이 상황을 이해하기 위해서 아주 짧은 시간이 필요했다.

독고풍의 얼굴은 온통 살기로 뒤덮여 있었다.

그는 천마신위강을 끌어올려 석검에 주입했다.

아니, 그러다가 움찔했다. 오른손에 석검이 없었다. 땅속에 처박혔을 때 놓친 듯했다.

'제기랄!'

그가 천마신위강을 오른손에 그대로 주입시켜 구주사황의 성명절학인 혈옥섬강을 일으켰을 때에는 이미 팔등주와 반 장 거리까지 가까워진 상황이었다.

그리고 정신을 차린 팔등주가 오른손의 도를 독고풍을 향해 그어대고 있었다.

도강은 아니지만 역시 이번에도 팔등주는 도에 대미신력을 가득 주입했다.

퍽!

혈광으로 물든 독고풍의 오른손이 활짝 펼쳐지면서 투명

한 핏빛 강기가 뿜어져 불과 석 자 거리에 있는 팔등주의 가
슴 한복판을 정통으로 적중시켰다.

거의 동시에 팔등주의 도가 벼락이 떨어지듯 강력하게 독
고풍의 왼쪽 어깨를 내리그었다.

팍!

“…….”

독고풍은 자신의 왼쪽 어깨를 쳐다보았다.

팔등주의 도가 독고풍의 금강불괴를 깨뜨리고 어깨에 세
치 깊이로 깊숙이 박혀 있는 것이 보였다.

금강불괴가 아니었으면 어깨에서 반대편 옆구리까지 양단
되었을 것이다.

“뭐야, 이거…….”

독고풍은 팔등주를 쳐다보았다.

팔등주가 미소를 지었다. 골수 마도인이 짓는 마소(魔笑)보
다 더 으스스한 미소다.

혈옥섬강에 의해서 관통당한 그의 등 뒤로 피와 내장이 뒤
섞여 뿜어져 오르는 것이 보였다.

팔등주는 죽어가면서 마소가 조금 더 짙어졌다.

“후후… 이대 대마종이 이 정도 실력이라니, 실망이로군.”

“개소리…….”

“후후후, 일절신제 두 명이면 너를 죽일 수 있겠군.”

팔등주는 죽어가면서도 득의하게 웃었다. 그의 눈에는 대

천신등이 중원을 정복한 광경이 선하게 보이는 듯했다.

문득 독고풍은 그의 미소가 자신감이라는 생각이 들어 더욱 기분이 뒤틀렸다.

뻐적!

독고풍이 왼 주먹을 휘둘러 팔등주의 머리통을 부숴 버렸다.

팔등주는 머리를 잃고서야 조용해졌다.

쿵!

독고풍은 묵직하게 두 발로 땅에 내려섰다.

털썩!

그보다 조금 늦게 머리 반쪽이 으깨지고 가슴과 등이 관통돼서 내장이 줄줄 흐르는 팔등주의 시체가 독고풍의 옆으로 묵직하게 떨어졌다.

근처에 있던 무적사마영과 조금 멀리 떨어져 있던 적멸가인이 재빨리 독고풍 근처로 달려왔다.

독고풍과 팔등주의 엄청난 격돌, 그리고 연이은 팔등주의 죽음 때문에 팔혼낭차들이 놀라 싸움을 멈춘 상태라서 무적사마영 등은 아무 방해 없이 독고풍에게 달려올 수 있었다.

"풍 랑!"

"주인님!"

적멸가인과 자미룡이 외마디 비명을 질렀고, 무적사마영도 다급히 외쳤다.

독고풍의 왼쪽 어깨에 여전히 팔등주의 도가 깊이 박혀 있었기 때문이다.

또한 독고풍 자신은 모르고 있지만 입가에서 가느다란 핏물이 흘러내렸다.

몸에 칼이 박히고 입에서 피를 흘리는 것은 그가 중원에 출도한 이래 처음 있는 일이다.

적멸가인은 즉시 독고풍의 어깨에 박힌 도를 뽑아 바닥에 내던졌다.

그런데도 독고풍은 신음 한마디 흘리지 않았고 아픈 표정조차 짓지 않았다.

다만 팔등주의 도에 찍힌 것과 그가 죽기 직전에 보여준 미소, 그리고 말 때문에 기분이 상해서 이맛살을 찌푸리고 있을 뿐이다.

궁의가 조금 전에 구덩이 속에서 석검을 가져와 독고풍에게 공손히 바쳤다.

적멸가인이 몹시 염려스런 표정으로 독고풍 어깨의 상처를 지혈하려고 손을 뻗었다.

그녀는 태어난 이후 지금처럼 누구를 염려하기는 처음이었다. 걱정할 사람도, 이유도 없었다. 너는 너고 나는 나라는 고정관념이 깊이 박혀 있기 때문이었다.

그녀가 상처를 지혈하고 있을 때, 그제야 정신을 수습한 팔혼낭차들이 일제히 사방에서 몰려들며 공격을 재개했다.

조금 전에 허공에 떠 있다가 적멸가인에게 내리꽂힌 자는 팔차등주였다.

그자가 가장 앞장서서 독고풍을 향해 정면에서 곧장 쏘아오고 있다.

그것을 발견한 적멸가인이 검을 움켜쥐고 팔차등주를 맞이하러 달려나갔다.

조금도 겁먹은 얼굴이 아니고, 오히려 화난 얼굴이었다.

독고풍이 부상을 당한 모습을 보고 나서는 약간 이성을 잃은 듯했다.

팔차등주는 적멸가인과 몇 초식 싸워본 것으로 그녀가 얼마나 고강한지 알기 때문에 방심하지 않고 즉시 대천신등 최고 신공인 대미신력을 끌어올려 전개했다.

적멸가인 역시 자신의 최고 절기인 오행회선강을 끌어올려 검에 주입시켜 상대했다.

무적사마영은 우뚝 서 있는 독고풍을 등진 채 네 방향에서 몰려오는 팔혼낭차들을 맞아 싸웠다.

독고풍은 팔등주와의 최초 격돌에 대해서 곰곰이 생각하고 있었다.

결국 그는 팔등주가 대천신등의 신공을 전개했을 것이라는 사실과 천마신위강이 그보다 조금 더 강하고, 자신의 공력이 팔등주보다 우위였던 것이 승인(勝因)이라는 사실을 유추해 냈다.

그는 천천히 주위를 둘러보다가 한곳에 시선이 멈추었다.

적멸가인과 싸우고 있는 팔차등주였다. 그자는 한 자루 도를 사용하고 있는데, 한 자 길이의 도강이 뽑어졌다.

팔등주의 도강처럼 푸르스름한 색인 것으로 미루어 같은 신공이 분명했다.

그러나 팔등주에 비해 덜 투명했고 길이도 짧아서 독고풍은 그가 팔차등주일 것이라고 짐작했다.

독고풍과 팔등주가 그랬던 것처럼, 적멸가인과 팔차등주의 싸움에서는 적멸가인이 약간 우세해 보였다.

독고풍이 판단하기에 적멸가인은 팔등주보다는 약간 하수고, 팔차등주보다는 조금 우세했다.

바로 그때 포위 공격을 하고 있는 팔혼낭차 뒤쪽 일각에서 어지러운 비명 소리가 터져 나왔다.

"흐악!"

"크악!"

강조가 이끄는 무적금위대 십사 명이 당도한 것이다.

전세는 순식간에 독고풍 일행 쪽으로 기울었다.

현재 팔혼낭차는 백칠십 명가량 남았으나, 독고풍 일행의 무공이 워낙 출중하여 상대가 되지 못했다.

그러나 독고풍은 안심할 수 없었다. 칠백 명의 팔혼낭차가 언제 들이닥칠지 모르기 때문이다.

"도주한다."

그는 길게 생각할 것도 없이 모두에게 전음을 보냈다.

얼마 전의 그였으면 이런 상황에서 결과가 어떻게 되든지 무조건 싸우려고 했을 것이다.

그러나 그는 중원에 출도한 이후 꽤 많은 경험을 쌓았기 때문에 머리가 조금은 트인 상태고, 또 가족이나 다름없는 수하들을 보호해야 한다는 생각에서 도주를 결정했다.

칠백 명의 팔혼낭차가 도착하면 결과를 예측하기 어려운 상황이 될 것이다.

그렇지만 한 가지는 분명하게 예측할 수 있다. 이쪽의 피해가 막심할 것이라는 사실이다.

독고풍을 비롯한 적멸가인과 무적사영, 무적금위대가 막당하 하류 쪽으로 방향을 잡고 바람처럼 달리기 시작했을 때 마침내 우려하던 일이 벌어졌다.

팔혼낭차 칠백 명이 당도한 것이다.

쏴아아—

칠백 명의 팔혼낭차가 허공에서 날아내리는 소리가 마치 거센 파도 소리 같았다.

그들은 조금도 허둥대지 않았으며, 마치 이곳에 싸우러 온 것처럼 허공중에서 무기를 뽑아 독고풍 일행에게 맹렬히 쏘아 내렸다.

그때부터 독고풍 일행 스물한 명과 팔차등주가 이끄는 팔백칠십 명 팔혼낭차의 처절한 싸움, 아니, 전투가 시작됐다.

무당 장문인 광양자와 구백여 명의 무당검수는 쌍산 기슭의 난연장과 그 일대를 샅샅이 뒤졌지만 끝내 독고풍과 일행을 발견하지 못했다.

그래서 광양자는 결국 철수 명령을 내렸다.

혹시 모르는 일이라서 그들은 당하 주변을 살피면서 천천히 하류로 향했다.

그리고 축시(丑時:새벽 2시) 무렵.

당하의 하류에 이르렀을 때, 광양자는 십여 리 아래쪽에서 싸우는 소리를 감지하고 이동을 정지했다.

더구나 수백 명이 싸우는 소리라서 그를 바짝 긴장시켰다.

또한 무기끼리 부딪치는 소리가 일체 들리지 않는 것으로 미루어 싸우는 자들은 일류 중에서도 상급에 속하는 고수들이 분명했다.

그는 무당검수들에게 숲 속에 은둔하라 지시하고 혼자 하류를 향해 쏘아갔다.

"……!"

얼마 후 그는 눈앞에 벌어지고 있는 광경에 신형을 멈추고 그 자리에 얼어붙어 버렸다.

칠흑 같은 어둠 속, 강변의 넓은 초지에서 칠팔백 명에 이르는 고수들이 한데 뒤엉켜 치열하게 싸우고 있는 광경을 발견한 것이다.

그는 너무 놀라서 숨어야 한다는 사실도 잊었다.

잠시 후 정신을 수습한 그는 즉시 가까운 곳의 바위 뒤에 몸을 감추고 한쪽 눈만 내놓은 채 격전장을 자세히 살펴보기 시작했다.

그러다가 유독 눈에 띄는 한 사람을 발견한 순간, 그는 호흡이 멎을 만큼 놀라 내심 외쳤다.

'혈풍신옥!'

격전장 한복판에서 이리 뛰고 저리 뛰면서 무차별로 적들을 주살하고 있는 사람은 광양자가 그토록 찾아 헤매던 독고풍이 틀림없었다.

독고풍은 그야말로 살신(殺神)에 악귀 같은 모습이었다.

온몸이 핏물로 물든 채 한차례 검을 번뜩일 때마다 여지없이 적 한 명의 숨통이 끊어졌다.

물론 그가 뒤집어쓴 피는 적의 몸에서 뿜어진 것이다.

광양자는 핏발이 곤두선 눈으로 독고풍을 쏘아보았다.

사부 무현 진인을 비롯하여, 세 명의 사제 창해자, 무량자, 청송자를 모두 죽인 불공대천지수가 눈앞에 있다.

광양자의 몸속에서 원한의 피가 화산처럼 들끓었다.

'죽일 놈!'

이 순간의 그는 자신이 천하에서 가장 명망 높은 도가인 무당파의 수장(首長)이라는 사실을 망각한 상태였다.

도가에서는 극벌원욕(克伐怨慾), 즉 남에게 이기는 것을 즐기는 것, 원한을 품는 것, 자신의 재능을 자랑하는 것, 욕심을 내고 탐하는 것 등 네 가지를 하지 말라고 가르친다.

아니, 그는 그것을 많은 제자들과 중생들에게 설파하고 교화할 막중한 책임이 있는 사람이다.

하지만 지금 그의 원한과 분노는 그가 지난 육십여 년 동안 쌓아온 모든 것들을 허물고 있었다.

그는 오직 독고풍에게 시선을 고정시킨 채 어떻게 하면 그를 죽일 수 있을지를 골몰했다.

그러나 지금으로선 싸움이 끝날 때까지 기다리는 것 외에는 방법이 없을 듯했다.

그러다 보니까 자연히 독고풍이 싸우고 있는 적들이 누군지 궁금해졌다.

광양자는 독고풍의 적들을 자세히 살펴보았으나 누구인지 알 수가 없었다. 처음 보는 자들이며 복장이었다.

그러다가 문득 그들이 전개하는 무공이 독특하다는 생각이 들어 유심히 지켜보았다.

그리고 한순간 그의 두 눈이 커다랗게 떠졌다.

'대… 천신등!'

이십여 년 전 제일차 혼천대전 당시에 광양자는 대천신등 고수들과 여러 차례 생사결전을 벌인 적이 있었기 때문에 그들의 독특한 무공을 어렵지 않게 알아보았다.

광양자는 불신의 표정을 얼굴 가득 떠올리며 몇 번이고 확인을 해봤지만, 홍의인들이 대천신등의 무공을 사용하는 것이 틀림없었다.

'대천신등이 어떻게 이곳에……'

극도의 혼란이 몰려들었다.

다시는 중원 땅을 밟지 않을 것 같던 대천신등이 중원 한복판에 나타났다는 사실과 혈풍신옥이 그들과 싸우고 있다는 사실 때문이다.

이십여 년 전에도 그랬듯이 대천신등이 중원에 나타난 이유는 한 가지뿐일 것이다.

'설마, 중원 재침공……'

광양자는 머리가 진흙탕처럼 혼란한 상태에서 얼핏 그 생각을 떠올렸다가 번갯불이 심장을 관통한 듯한 충격에 후드득 온몸을 격렬하게 떨었다.

그리고는 정신이 번쩍 들었다. '대천신등의 중원 재침공'이라는 사실이 그의 정신을 수습시켰다.

중원의 영원한 대적(大敵)인 대천신등이 중원에 왔다. 이것은 어느 누가 봐도 중원 재침공이 분명했다.

광양자는 반사적으로 현재 중원무림이 지니고 있는 힘을 생각해 보았다.

아니, 생각하려고 하기도 전에 머리가 먼저 떠올려 주었다.

천 갈래 만 갈래로 찢어져서 분열된 형편없는 중원무림의 모습이 그의 머릿속을 가득 메웠다.

대천신둥이 지금 침공한다면 중원무림은 맥도 못 추고 지리멸렬하고 말 것이 분명하다. 그것은 직접 겪어보지 않아도 불을 보듯이 뻔하다.

이십여 년 전에 대천신둥이 중원무림을 피로 씻고 물러간 후에 어째서 그들이 또다시 중원을 재침공할 것이라는 사실을 잊고 있었다는 말인가.

아니, 잊지는 않았다. 다만 대천신둥이 물러간 후 중원무림의 각 세력들이 서로의 공을 내세워 전리품을 나누어 뜯어먹느라 정신이 없었을 뿐이다.

그리고 그 후에는 대천신둥이 재침공할는지도 모른다는 생각을 하면서도, 그것을 마음 구석에 깊이 쑤셔 넣은 채 끝을 모르는 탐욕, 탐부순재(貪夫徇財)에 정신이 없었다.

'그런데……'

혈풍신옥이 대천신둥과 싸우고 있다.

지금 두 눈으로 똑똑히 보고 있는 그 사실이 광양자의 뇌리에 화인(火印)처럼 뚜렷하게 새겨졌다.

문득 전대 대마종이 생각났다. 일단 그를 떠올리자 그가 행한 업적들이 손에 잡힐 듯이 선명하게 그려졌다.

그가 아니었으면 오늘날의 중원무림은 없다.

아니, 천하가 대천신둥의 손아귀에 들어가 치욕과 도탄의 나날이 지금도 계속되고 있을 것이다.

광양자의 눈에 혈풍신옥이 아수라처럼 대천신둥 고수들을

도륙하고 있는 광경이 생생하게 보였다.

눈으로는 혈풍신옥을 보면서 머리로는 전대 대마종 마군황을 생각했다.

중원을, 천하를 구한 마군황과 사독요마를 정협맹과 진명유림은 어떻게 대접했던가?

배신으로도 모자라서 마군황과 사대종사를 함정에 빠뜨려 죽이려 했고, 탕마령을 발동하여 장장 이십여 년에 걸쳐서 사독요마를 소탕했었다.

비록 정협맹주인 무적검절 태무천과 소수의 무림 명숙들이 저지른 짓이라고는 하지만, 광양자와 수많은 협의지사들은 방관자였었다.

방관도 죄다. 그리고 마군황을 배신한 그 소수의 무림 명숙에 사부인 무현 진인도 포함되었다.

'혈풍신옥은 대마종의 전인이거나 아들이라는 소문이 있었다.'

그는 속으로 중얼거리면서 눈도 깜빡이지 않은 채 독고풍을 주시했다.

자세히 보니까 독고풍의 모습이 마군황과 판에 박은 듯이 똑같았다.

체구와 용모, 심지어 전개하는 무공이며 싸우는 모습까지 마군황, 그 자체였다.

'아버지에 이어서 아들마저 중원을 지키려고 대천신등과

싸우고 있다. 그런데 나는……..'

갑자기 견디기 어려운 자괴감이 파도처럼 엄습했다.

그는 고개를 세차게 흔들고 나서 격전장의 상황을 분석하기 시작했다.

'적멸가인?

그러다가 적멸가인을 발견하고 흠칫 놀랐다.

'혹시 저들은 삼십육마영……'

그리고 무적사마영도 발견했다.

독고풍과 그의 수하들이 혼신의 힘으로 싸우고는 있지만 대천신등 고수들이 너무 많았다. 한마디로 중과부적(衆寡不敵)이었다.

독고풍을 제외한 그의 일행 모두 언제 난도질당해서 죽을지 모르는 위험에 처해 있었다.

독고풍 한 명에겐 이백여 명의 적이, 적멸가인에겐 백여 명, 무적사마영에게 삼백여 명, 그리고 무적금위대에게 나머지 백오십여 명이 포위를 한 상태에서 숨 쉴 틈 없이 공격을 퍼붓고 있었다.

광양자가 볼 때 이대로 간다면 독고풍 일행은 반 시진 안에 전멸하고 말 것 같았다.

적멸가인과 무적사마영의 무위는 절정고수 수준이지만 상대도 만만치 않았다. 여느 오합지졸이 아닌 대천신등의 정예 고수들인 것이다.

　무적금위대는 처음에는 십사 명이었으나 지금은 열한 명으로 줄어 있었다.

　그들 각자의 실력은 팔혼낭차를 대여섯 명씩 상대할 수 있을 정도로 고강했지만, 그에 비해 적의 수가 너무 많았다.

　광양자는 더 이상 갈등하지 않았다. 중원무림을 위한다는 대의(大義) 앞에 사사로운 복수는 부질없는 것이다.

第八十四章

만신창이(滿身瘡痍)

대목장
大慶宗

"끄악!"

독고풍의 석검이 팔혼낭차 한 명의 허리를 통째로 잘랐다.

죽여도 죽여도 끝이 없는 것 같았다.

싸움이 시작된 이후 그는 혼자서 백여 명가량을 죽였다.

중원의 여타 방, 문파의 고수들을 상대로 싸웠다면 삼사백 명은 죽였을 시간이다.

이런 식의 떼 싸움에서는 초식이고 나발이고 필요없었다. 눈에 보이는 대로, 그리고 가까운 적부터 닥치는 대로 죽일 뿐이다.

가장 효율적인 수법이라는 것은, 가장 빠르게 적을 무력화시키는 것이다.

백여 명의 적을 죽이는 동안 독고풍은 삼 할 정도의 공력을 허비했다.

팔혼낭차들은 그가 여태껏 상대했던 방, 문파의 고수들하고는 비교할 수 없을 정도로 고강했다.

과연 이것이 대천신등의 힘인가, 라는 생각이 절로 들었다.

독고풍 주변에는 팔혼낭차들의 시체가 즐비했다.

대부분 목이나 몸통이 통째로 잘린 목불인견(目不忍見)의 처참한 광경이었다.

독고풍은 장소를 이리저리 옮기지 않았다. 제자리에 가만히 있어도 팔혼낭차들이 끊임없이 덮쳐 왔기 때문이다.

십여 차례 적의 무기에 찔리고 베인 그의 옷은 갈가리 찢어진 상태다.

절반쯤은 자신이 금강불괴이기 때문에 굳이 피하지 않았기 때문이고, 나머지 절반은 적에게 당한 것이다.

무기를 그의 몸에 댈 수 있다는 것은, 상대가 그만큼 강하다는 뜻이다.

만약 금강불괴가 아니었다면 그는 중상을 입었거나 어쩌면 죽었을지도 모른다.

싸움이 길어질수록 그의 마음은 무거워졌고, 또 초조해졌다.

자신의 실력과 무적방이 최고인 줄 알았는데 그것이 중원무림에서 도토리 키 재기였다는 사실을 깨달았기 때문에 마음이 무거워졌다.

그리고 적멸가인과 무적사마영, 무적금위대에 대한 걱정 때문에 초조해졌다.

자신이 이 정도로 고전을 하고 있는 상황이라면 그들은 과연 어떻겠는가라는 생각이 머리에서 떠나지 않았다.

"으악!"

"경림!"

그때 누군가의 처절한 비명 소리와 귀에 익은 다급한 외침이 들려왔다.

독고풍은 외침이 들려온 쪽을 급히 쳐다보았다. 하지만 팔혼낭차들이 겹겹이 포위하고 있어서 보이지 않았다.

눈으로 확인하진 못했으나 방금 전의 그 외침은 석중명의 것이 분명했다.

그렇다면 당경림이 죽은 것이리라.

'당경림!'

독고풍은 속으로 피를 토하듯 부르짖었다.

항주성 황룡표국의 표두와 쟁자수로 처음 만났던 당경림과 독고풍이다.

그는 석중명과 함께 독고풍의 가장 오랜 친구였다.

슬픔이, 그리고 걱정과 초조함이 독고풍을 엄습했다.

당경림을 잃었다는 슬픔과 석중명도 위험할 것이라는 걱

정, 어쩌면 오늘 이곳에서 가까운 많은 사람들을 잃을지도 모른다는 초조함이었다.

팍!

그때 독고풍은 왼쪽 옆구리가 뜨끔한 것을 느꼈다.

당경림이 죽었다는 사실 때문에 방비가 허술한 틈을 타서 공격을 당한 것이다.

재빨리 돌아보니 왼쪽 가까운 곳에 팔차등주가 으스스한 표정으로 서 있었다.

독고풍의 눈동자가 팔차등주의 오른손을 따라서 흘렀다.

오른손에 쥐어진 도가 독고풍의 옆구리를 막 벤 상태였으며, 도신에서 피가 주르르 흘러내렸다.

옆구리에 상처를 입었다는 것보다 금강불괴가 깨졌다는 사실이 독고풍에게 충격을 주었다.

그는 팔차등주가 필경 대천신등의 신공을 사용했을 것이라고 짐작했다.

싸움이 시작됐을 때부터 내내 팔차등주가 신경이 쓰였었다. 그래서 그놈을 죽이려고 달려들면 수많은 팔혼낭차들이 우르르 가로막으며 집중 공격을 해오는 바람에 번번이 뜻을 이루지 못했었다.

독고풍의 몸에 칼질을 하여 옷을 찢은 다섯 번 중에 세 번이 팔차등주의 솜씨였다.

독고풍이 금강불괴라는 사실을 알게 된 그가 이번에는 대미신력을 사용한 것이다.

그자는 대미신력의 완성도나 공력 면에서 팔등주에 비해 떨어진다.

그러므로 독고풍의 금강불괴를 깨기 위해서는 전력을 다해야만 했다.

"이 자식!"

독고풍은 팔차등주 쪽으로 몸을 돌리기도 전에 손을 뻗어 그의 도신을 덥석 움켜잡으며 오른손의 석검을 벼락같이 그어갔다.

도를 잡으면 순간적이나마 팔차등주가 도망치지 못할 것이라고 생각했다.

그런데 팔차등주는 즉시 도를 놓고 다급히 물러섰으며, 좌우의 팔혼낭차들이 재빨리 앞을 가로막았다.

퍼퍽!

독고풍의 석검은 목표했던 팔차등주 대신 팔혼낭차 두 명의 몸통을 잘라 버렸다.

팔혼낭차들은 꼭두각시처럼 철저하게 팔차등주를 보호했다.

독고풍이 재차 공격하려고 할 때는, 이미 팔차등주가 삼사장 밖으로 물러났고 여태까지보다 더 많은 팔혼낭차들이 맹렬하게 공격을 퍼부어왔다.

독고풍이 신형을 날려 팔차등주를 죽이러 갈 수도 있었으

나, 그럴 경우 목표물을 잃은 팔혼낭차들이 무적사마영이나
적멸가인, 무적금위대에게 몰려갈 것이기 때문에 그럴 수도
없었다.

　여태 세 차례 팔차등주를 죽이려고 몸을 날려 시도했으나
그때마다 독고풍을 상대하던 팔혼낭차들이 우르르 적멸가인
과 무적금위대 쪽으로 몰려갔었다.

　독고풍은 멀찌감치 물러났던 팔차등주가 다시 슬금슬금
다가와 공격하는 팔혼낭차 틈에 섞이는 것을 보며 이를 부드
득 갈았다.

　'네놈을 기필코 죽이고야 말겠다!'

　바로 그때 뒤쪽에서 여자의 뾰족한 비명 소리가 터졌다.

　"악!"

　독고풍은 돌아보기도 전에 그것이 적멸가인의 비명이라는
것을 깨달았다.

　적멸가인이 등을 찔려 비틀거리면서 피를 흘리고 있는 것
이 보였다.

　그녀는 틈을 노리고 벌 떼처럼 덮쳐드는 팔혼낭차들을 상
대하느라 거세게 검을 휘둘렀다.

　독고풍은 그녀의 등의 상처가 매우 깊은 것을 보고 마음이
쓰라렸다.

　'정아…….'

　이러다가 다 죽을 것만 같았다. 대천신등이 얼마나 강하고

지독한지 이제 충분히 알았으니까 이 싸움을 이쯤에서 그만 두고 싶었다.

적멸가인이 비틀거리는 것과 팔혼낭차들이 피 냄새를 맡은 승냥이처럼 달려드는 광경이 독고풍의 눈 속으로 아프게 파고들었다.

독고풍은 앞뒤 가릴 정신이 없었다. 즉시 신형을 뽑아 올려 그녀를 향해 쏘아갔다.

그가 힐끗 돌아보니 자신을 상대하던 팔혼낭차들의 절반이 가장 가까운 곳에 있는 무적사마영에게 몰려가고, 나머지는 뒤쫓아오는 것이 보였다.

하지만 지금은 적멸가인을 구하는 것이 급선무다. 그녀를 구해서 무적사마영 쪽으로 날아가 합류하면 될 것이다.

"혈오!"

독고풍이 적멸가인 근처에 도착하여 하강하려고 할 때 무적사마영 쪽에서 궁의의 다급한 외침이 터졌다.

그가 급히 돌아보니 복부를 베인 혈오가 앞으로 거꾸러지고 있었다.

하지만 적멸가인 근처까지 와서 무적사마영 쪽으로 돌아갈 수는 없다.

독고풍의 온몸의 피가 모조리 머리로 몰렸다. 분노가 극에 달해 입에서 맹수 같은 소리가 흘러나왔다.

"크으으……."

그는 비틀거리고 있는 적멸가인 옆으로 날아내리면서 천마신위강을 전력으로 끌어올려 요마사십팔절을 펼쳤다.

꽈르릉!

원래 요마사십팔절을 전개하면 지금 같은 벽력 소리가 나지 않는다.

그가 천마신위강으로 펼쳤기 때문에 한꺼번에 사십팔 개의 검기들이 마치 핏빛의 나뭇잎처럼 지상의 팔혼낭차들에게 쏟아졌다.

파파파파—

적멸가인에게 공격해 가던 팔혼낭차 열다섯 명이 한꺼번에 피를 뿌리며 거꾸러졌다.

원래는 요마사십팔절로 사십팔 명의 팔혼낭차를 겨냥했으나 열다섯 명만 쓰러졌다.

독고풍이 실수를 한 것이 아니다. 팔혼낭차들이 그만큼 강하다는 뜻이다.

"풍 랑… 미안해요……."

독고풍이 부축을 하자 적멸가인은 창백한 얼굴에 미안함을 가득 떠올렸다.

독고풍은 대답하지 않고 오른손의 석검을 휘둘러 덮쳐드는 팔혼낭차들을 상대하는 한편, 왼손으로는 적멸가인의 등에 난 상처를 지혈했다.

손이 금세 뜨뜻해지고 피범벅이 되는 느낌으로 미루어 그녀의 상처는 매우 깊은 듯했다.

두 사람 다 오른손을 사용하기 때문에 독고풍이 부축하면 그녀는 검을 사용할 수가 없는 상태가 된다.

그래도 중상을 입었기 때문에 그냥 둘 수가 없어서 독고풍은 왼팔로 그녀의 허리를 안았다.

이어서 무적사마영 쪽으로 가기 위해서 신형을 날리려는데 도무지 그럴 기회가 없었다.

이백여 명이 넘는 팔혼낭차들이 지상과 허공을 가득 메운 채 맹공격을 해오고 있었기 때문이다.

혼자 몸 같으면 금강불괴를 믿고서 시도해 보겠으나 적멸가인을 데리고 몸을 날리면 십중팔구 그녀가 벌집이 되고 말 것이다.

무적금위사들이 동료의 이름을 안타깝게 외치는 소리가 간간이 들려왔다.

"크으으……"

미친 듯이 석검을 휘두르는 독고풍의 입에서 쥐어짜는 듯한 신음이 새어 나왔다.

지금 그는 여러 가지 것들을 실로 뼈저리게 느끼고 있다.

그중에서 가장 큰 것이 자신의 오만함이 얼마나 어리석었는가 하는 것이었다.

문득 그는 은예상이 가르쳐 준 학문 중에서 어떤 말이 생각났다.

하충의빙(夏蟲疑氷). 여름에 태어난 벌레는 얼음을 믿지 않는다고 했다.

여름 한철 살다가 죽기 때문에 겨울에 눈이 오고 얼음이 어는 것을 본 적이 없기 때문이다.

그는 지금 자신이 꼭 한 마리 여름 벌레 같다고 생각했다.

천외천(天外天)을 눈으로 보고, 또 당하고 나서야 믿다니, 더구나 그 꼴로 천하를 제패하겠다고 설쳤으니, 오만하고 또 어리석기 짝이 없었다. 그 또한 자신이 생각해도 가소롭기 한이 없었다.

그러는 중에도 팔혼낭차들의 공격이 점점 더 거세졌다.

아니, 이쪽의 약점을 보고 그들의 공격이 거세진 것도 있지만, 적멸가인을 부축하고 있는 독고풍의 공세가 현저히 떨어진 것이 더 큰 요인이다.

"풍 랑, 소녀는 괜찮아요. 저를 놔주세요."

그때 적멸가인이 독고풍의 품에서 빠져나가려고 몸을 뒤채면서 간곡한 어조로 말했다.

허리를 안고 있는 독고풍은 팔로 전해지는 느낌으로 그녀가 서 있는 것조차 힘들어한다는 사실을 알고 있기에 못 들은 체 적을 죽이는 데에만 집중했다.

"제발… 이러다간 풍 랑마저 죽어요!"

적멸가인이 좀 더 힘을 주어 몸을 뒤채면서 거의 울 듯한 목소리로 애원했다.

퍽!

독고풍은 팔혼낭차 한 명의 머리를 세로로 쪼개고 나서 이를 갈 듯이 뇌까렸다.

"여자 하나 지키지 못하는 놈이라면 살 가치도 없다."

"풍 랑……."

"우린 살아도 죽어도 하나다."

적멸가인은 더 이상 아무 말도 하지 못했다. 독고풍의 그런 각오를 듣고서 대답할 말이 떠오르지 않았지만, 감격 때문에 목이 메어 말을 할 수가 없었다.

그래도 이대로는 안 되겠기에 무슨 말이라도 해서 그를 설득하려는데 목의 울대가 오르내리고 눈물이 왈칵 솟구쳐서 끝내 뜻을 이루지 못했다.

그녀는 이런 기분이 행복이라는 것을 깨달았다.

정협맹주의 제자로서 무소불위의 지위와 세도를 떨치면서도 한 점 느껴보지 못했던 기분이다.

그런데 한 사내의 아내가 되어 가슴속으로, 그리고 머릿속으로 거센 급류가 흐르듯 만연한 행복을 느끼고 있다.

지금이 어떤 상황인지, 내가 곧 죽을 몸인지 따위는 중요하지가 않았다.

내가 이 든든한 사내의 여자라는 사실만이 가없이 몸서리쳐지도록 느껴웠다.

죽어서 영혼이 되어도, 그리고 다시 태어나도 나는 이 사내의 여자가 되리라고 그녀는 곱씹어 다짐했다.

무적사마영도, 무적금위대도 도와달라고, 살려달라고 독고풍에게 구원의 손길을 청하지 않았다.

그들은 독고풍보다 더 참담한 상황이면서도 오히려 그를 돕지 못하는 것을 죄스럽게 생각하고 있었다.

독고풍의 수하들은, 아니, 형제들은 그런 사람들이다.

그래서 독고풍의 가슴이 더 갈가리 찢어지고 있다.

저들이 다 죽으면 내 탓이다.

내가 저들을 죽음으로 몰아넣었다, 라고 독고풍은 속으로 피눈물을 흘렸다.

그의 손속이 눈에 띄게 느려졌다.

조금 전 천마신위강으로 요마사십팔절을 전개했으며, 더욱 거세진 적의 공격을 피하고 막으면서 주살하느라 공력이 빠르게 허비되고 있었다.

그는 현재 자신의 남은 공력이 평소의 오 할 수준이라고 진단했다.

십 할 공력이 펄펄 넘칠 때에도 고전을 면치 못했었는데, 오 할이라니, 벼랑 끝에 서 있는 기분이 들었다.

'이렇게는 안 된다!'

그는 어금니가 부러지도록 힘껏 악물었다.

갑자기 그의 눈에서 눈동자가 사라지면서 눈 전체가 먹처럼 검게 변하더니 시커먼 기운이 일렁였다.

　한순간 그와 시선을 마주친 전면의 팔혼낭차 한 명이 움찔 몸을 떨었다.

　같은 순간 독고풍의 전음이 그자의 뇌리를 울렸다.

　"놈들을 죽여라."

　제령수어법을 전개하여 그자의 심지를 제압, 자신의 동료 들을 공격하게 함으로써 자중지란을 일으키려는 계획이었 다.

　심지가 제압된 팔혼낭차는 옆으로 방향을 틀더니 동료 팔 혼낭차를 공격했다.

　"으악!"

　어깨에서부터 옆구리까지 통째로 잘려진 팔혼낭차가 처절 한 비명을 지르며 거꾸러졌다.

　심지가 제압된 팔혼낭차는 거기에서 멈추지 않고 계속해 서 동료들을 공격해 갔다.

　독고풍은 적을 상대해서 싸우는 틈틈이 제령수어법을 전 개하여 세 명의 심지를 더 제압했다.

　연달아서 네 명의 팔혼낭차가 느닷없이 공격 목표물을 바 꾸어 자신들을 공격해 오자 팔혼낭차들 속에서 작은 소란이 벌어졌다.

　독고풍은 다시 틈을 내서 다섯 번째 제령수어법을 전개했 으나 실패하고 말았다. 현재의 오 할 공력으로는 거기까지가 한계인 것이다.

그는 제령수어법에 이어서 환착대영술 같은 것도 전개해서 적들을 혼란하게 만들 생각이었으나 뜻을 이루지 못했다.

그가 만들어낸 네 명의 꼭두각시는 팔혼낭차들을 잠시 동안 혼란스럽게 만들었으나 곧 모두 죽임을 당했다.

독고풍의 시도는 잠시 동안 혼란을 조성했을 뿐, 별다른 효과를 거두지 못하고 끝났다.

만약 그가 공력이 충만했을 때 이 방법을 시도했더라면 상황이 어떻게 바뀌었을지 모르는 일이었다.

그는 사대종사의 수많은 무공들을 한 몸에 지니고 있으나 공력이 모자라서 펼칠 수 없게 되었다.

그야말로 격화소양(隔靴搔癢). 신발을 신고 발바닥을 긁는 것처럼 답답하기 짝이 없었다.

이제는 달리 방법이 없다. 최후의 한 움큼 공력이 남을 때까지 쥐어짜 내서 적을 죽이는 수밖에는.

그가 석검에 마정승기를 주입하자 한 자 길이의 검강이 검첨에서 튀어나왔다.

"우야아!!"

다음 순간 답답한 마음을 터뜨리듯 고함을 지르며 닥치는 대로 팔혼낭차들을 주살하기 시작했다.

눈에는 핏발이 곤두섰으며, 악다문 어금니와 힘을 준 목에는 힘줄이 불끈 솟았다.

석검과 검강이 닿는 곳마다 팔혼낭차들의 탈비삼검과 그

들의 몸뚱이가 수수깡처럼 부러지고 잘라지며 피분수가 허공으로 마구 뿜어졌다.

팔혼낭차들을 상대하는 데 천마신위강을 사용할 필요는 없다. 그것이야말로 닭 잡는 데 소 잡는 칼을 사용하는 것이다.

더구나 천마신위강을 전개하면 그나마 남아 있는 공력마저 급속히 감소된다.

마정승기로도 검강을 만들 수 있으며 공력은 천마신위강의 절반밖에 소모되지 않는다.

"헉… 헉!"

그의 입에서 처음으로 거친 숨소리가 흘러나왔다.

공력이 십 할 가득 있을 때에 일 할 공력이 소모되는 데 걸리는 시간이 일각이라면, 공력이 오 할밖에 없을 때에는 반각밖에 걸리지 않는다.

독고풍의 공력이 빠르게 소모되고 있었다. 그것이 생생하게 느껴졌다. 반면에 마음은 점점 더 조급해졌다.

적멸가인은 오른손에 쥐고 있던 검을 검실에 꽂은 후 손바닥을 독고풍의 등 한복판 명문혈에 밀착시키고 자신의 공력을 주입시키기 시작했다.

독고풍은 갑자기 명문혈을 통해서 진기가 흘러들자 가볍게 놀랐으나 즉시 어떻게 된 일인지 깨달았다.

하지만 그녀를 그만두게 하지는 않았다. 지금은 체면을 차릴 때가 아니라 살아남아야 할 때였다.

그렇지만 적멸가인은 그리 오래, 그리고 많은 공력을 주입시키지 못했다.

등의 상처가 너무 깊어서 내장을 다친 상태고, 임시로 지혈만 시켰기 때문에 공력이 제대로 모이지 않았다.

독고풍의 움직임은 빠르게 둔해졌으며 숨소리도 점점 더 거칠어졌다.

그는 무적사마영과 무적금위대가 어떻게 됐는지 확인을 할 만한 여유마저도 없었다.

그래서 이런 상황이 그를 더 답답하게, 그리고 비참하게 만들었다.

그는 그저 여전히 숨 쉴 틈 없이 공격해 오는 팔혼낭차들을 죽이고 또 죽일 뿐이다.

"허억! 헉헉헉……."

처음에 팔백칠십 명이던 팔혼낭차는 이즈음 사백여 명으로 줄어 있었다. 절반 이상인 사백칠십 명이 죽은 것이다.

팔차등주와 팔혼낭차들도 몹시 지쳤다. 그러나 독고풍 일행보다는 나은 편이다.

단 한 명을 제외하고는 아무도 강기나 검기, 도기 따위를 사용하지 못했다. 피아(彼我)를 막론하고 지쳤기 때문이다.

제외된 한 명은 팔차등주다. 그도 지쳤으나 서너 차례 대미신력을 전개하여 독고풍을 공격할 공력을 비축해 두고 있는 상태였다.

팔차등주는 실로 집요한 자였다. 독고풍의 관점에서는 그렇지만, 대천신등에서 볼 때는 훌륭한 전사일 것이다.

독고풍은 허우적거리듯이 석검을 휘둘러 적을 주살하면서 힐끗힐끗 팔차등주를 살피는 것을 게을리하지 않았다.

그를 놓치는 순간 자신이 당한다는 것을 알기 때문이다.

그런데 어느 순간 그는 팔차등주를 놓치고 말았다.

'그놈이 어디로 갔지?'

그는 황급히 두리번거리며 팔차등주를 찾아보았다.

쉬이—

그러다가 팔차등주가 뒤쪽에서 맹렬하게 도를 그어오고 있는 것을 발견했다.

독고풍은 재빨리 몸을 돌리며 팔차등주를 향해 석검을 그어갔다. 무슨 초식이 따로 있는 것이 아니라 맹목적인 몸부림이었다.

그러나 혼자가 아니라 적멸가인의 허리를 안고 도는 것이라 행동이 느릴 수밖에 없다.

그가 완전히 몸을 돌렸을 때에는 이미 팔차등주의 도가 머리 위에 쇄도하고 있었다.

독고풍은 도가 푸르스름하게 빛나는 것을 봤다. 신공이 실린 것이 분명했다.

저렇게 위력적인 도를 지금처럼 허약한 상황에서 정통으

로 적중당하면 그의 금강불괴는 더 이상 그를 보호해 주지 못
할 것이다.

　'이런…….'

그의 얼굴이 보기 싫게 일그러졌다.

　탁!

그때 적멸가인이 한 손으로 힘껏 독고풍의 어깨를 밀었다.

그러면서 그녀 자신은 반대쪽으로 쓰러지듯이 몸을 날렸
다.

그렇지만 두 가지 동작이 다 완벽할 수는 없다.

　팍!

　"악!"

팔차등주의 도가 한쪽으로 기우뚱한 자세인 적멸가인의
가슴을 그었다.

　'정아!'

독고풍은 숨이 멎어버리는 듯한 충격을 받았다.

그녀가 밀치지 않았다면 저 일격은 독고풍의 정수리를 쪼
갰을 것이다.

그는 한쪽 어깨가 땅에 닿은 자세에서 팔차등주를 향해 거
의 광적으로 석검을 휘둘렀다.

막 적멸가인의 가슴을 그은 팔차등주의 한쪽 무릎을 석검
이 뎅겅 잘랐다.

　"억!"

팔차등주의 몸이 다리가 잘린 쪽으로 기우뚱했다.

독고풍은 벌떡 상체를 일으키며 석검을 팔차등주의 옆구리 속으로 깊숙이 찔러 넣었다.

푹!

"끅!"

직후 손잡이까지 찔러 넣은 석검을 팔차등주의 등 쪽으로 빙 돌려 그었다.

"끄아아—!"

팔차등주가 처절한 비명을 질렀고, 옆구리에서부터 등허리 한복판까지 잘려진 곳으로 내장이 뜨거운 김을 뿜으며 확하고 독고풍의 몸으로 쏟아졌다.

쿵!

묵직하게 쓰러진 팔차등주는 아직 숨이 붙어 있었다. 그는 그런 상황에서도 독고풍을 향해 어지럽게 도를 휘둘렀다.

휘익! 휙!

공력은커녕 힘조차 실려 있지 않은 공격, 아니, 몸부림이었다. 그는 그만큼 절박하게 독고풍을 죽이고 싶었다.

독고풍은 팔차등주를 향해 석검을 날렸다.

팍팍팍팍!

얼굴이 쪼개지고 가슴이 짓이겨졌지만 독고풍은 멈추지 않고 계속 석검을 휘둘렀다.

"정아……."

팔차등주가 하나의 다져진 고깃덩이처럼 변하자 독고풍은 동작을 멈추고 쓰러져 있는 적멸가인을 향해 무릎걸음으로 엉금엉금 다가갔다.

순간 팔혼낭차들이 일제히 그를 공격해 왔다.

채채채챙! 까까깡!

독고풍의 몸에 적중된 탈비삼검이 어지럽게 마구 튕겨졌다. 그러나 탈비삼검에 실린 공력이 독고풍의 내장과 혈맥을 뒤흔들었다.

그는 입에서 줄줄 피를 흘리면서 적멸가인에게 다가가 손을 뻗었다.

적멸가인은 반듯한 자세로 누운 채 미소를 지으면서 그를 바라보았다.

아니, 미소라기보다는 미소를 지으려고 애쓰는 모습이다.

그녀는 오른쪽 어깨에서 왼쪽 옆구리까지 길고도 깊게 갈라져서 갈비뼈가 다 잘렸는데 상처에서 피가 뭉클뭉클 솟아 나오고 있었다.

독고풍은 자신에게 소나기처럼 쏟아지는 공격을 고스란히 맞으면서 두 손으로 더듬더듬 적멸가인의 상처를 지혈시키려고 애썼다.

그녀의 가슴에서 흘러나온 뜨거운 피가 그의 손을 피투성이로 물들였다.

핏물은 따뜻했다. 방금 전에 그녀가 보여준 희생처럼, 그리고 사랑처럼 따뜻했다.

"풍 랑… 하… 지… 마… 요……."

적멸가인이 메마른 입술을 달싹거렸다. 계속 미소를 지으려는 것 같은데 미소가 아니라 서글픈 표정이 되었다.

그녀는 자신을 살리기 위해서 독고풍이 힘을 낭비하는 것을 원하지 않았다.

"사랑… 해요… 고마… 워… 요……."

독고풍의 뺨을 만지려고 가늘게 떨리는 손을 뻗던 그녀는 뜻을 이루지 못하고 팔을 떨구었다.

"정아… 안 돼……."

독고풍은 신음처럼 중얼거리며 결사적으로 그녀의 상처를 지혈했다.

언제부턴가 독고풍의 온몸으로 쏟아지던 팔혼낭차들의 공격이 멈추었지만 그는 알지 못했다.

적멸가인은 반듯하게 누운 채 움직이지 않았다.

독고풍은 두 팔로 그녀를 가슴 깊숙이 안았다.

그는 울지 않았다. 울어본 적이 없기 때문이다. 하지만 싸늘하게 식어가는 적멸가인의 몸뚱이를 안고 있는 그의 몸이 푸들푸들 격렬하게 떨렸다.

몸이 울고 있다. 울지 못하는 정신을 대신해서 팔과 가슴과 다리가 경련을 일으키며 서럽게 울고 있다.

그는 오랫동안 그렇게 움직이지 않고 있었다.

많은, 정말 수만 가지 생각들이 독고풍의 머릿속에 교차되고 또 명멸했다.

요마낭이 죽었고, 이제 적멸가인마저 죽었다.

그녀들이 독고풍을 만나지 않았다면 죽지 않았으리라.

사람을 만난다는 것, 그리고 그들과 인연을 맺는다는 것이 단지 평범한 일이 아니라는 것을 독고풍은 자신의 여자들이 죽어간 후에야 절절히 깨닫고 있다.

이윽고 그는 적멸가인은 바닥에 조심스럽게 내려놓았다.

第八十五章

마중협(魔中俠)

대마종
大麻宗

독고풍은 고개를 들고 천천히 주위를 둘러보았다.

이상하게도 그의 눈빛은 차분했다.

제일 먼저 원진의 모습이 보였다. 그는 온몸 여기저기에 꽤 많은 상처를 입은 상태에서 독고풍 뒤에 우뚝 서서 그를 호위하고 있었다.

독고풍은 원진에게서 시선을 거두고 다시 천천히 주위를 둘러보았다.

가까운 곳과 먼 곳에서 여전히 싸움이 계속되고 있었다.

그런데 못 보던 자들 수백 명이 팔혼낭차들을 포위한 상태에서 치열하게 싸우는 중이었다.

“일각 전에 무당 장문인 광양자가 무당검수 구백여 명을
이끌고 와서 팔혼낭차들과 싸우기 시작했습니다.”

원진의 공손한 목소리가 뒤에서 들려왔다.

“광양자가?”

그 말을 믿기가 어려웠다. 깊은 바다 속을 떠돌던 그의 정
신이 현실로 떠오르기 시작했다.

독고풍은 광양자의 사부와 사제들을 모두 죽인 원수 중의
원수다.

그런 독고풍과 수하들이 위기에 처해 있으면 복수를 할 수
있는 절호의 기회일 텐데, 어째서 원수를 갚기는커녕 도와주
고 있단 말인가.

잠시 생각해 봐도 광양자의 속셈을 조금도 헤아릴 수가 없
어서 결국 원진에게 물었다.

“어째서지?”

원진은 마치 그 이유를 광양자에게 직접 들은 것처럼 즉시
대답했다.

“대천신등은 중원무림의 공적(公敵)이기 때문입니다.”

“공적?”

“큰 적 앞에서 작은 적은 잠시 접어둔 것이라 생각합니
다.”

“대천신등이 큰 적이고 내가 작은 적인가?”

“그렇습니다.”

그래도 독고풍은 원진의 말을 확연하게 이해하지는 못했다.

그는 찬찬히 격전장을 둘러보았다. 싸움은 무당파가 압도적으로 우세했다.

독고풍이 싸워봤지만 팔혼낭차들은 여간 만만한 상대가 아니었다.

아니, 무당파가 나타나지 않았으면 독고풍의 여자들과 수하들을 모조리 저승으로 보낼 수 있었을 정도로 막강한 자들이었다.

그들이 비록 사백 명밖에 남지 않았고, 많이 지친 상태라고는 하지만 여전히 무서운 존재들인 것만은 분명하다.

그런데도 무당검수들은 팔혼낭차들을 한가운데로 몰아넣은 채 시종 여유있게 격전을 이끌어가고 있었다.

그것만 봐도 불도진명계의 태두(泰斗)인 무당파의 위력이 어느 정도인지 어렵지 않게 짐작할 수가 있었다.

독고풍이 잠시 지켜본 결과, 무당검수 한 명은 지치지 않은 상태에서의 팔혼낭차 한 명보다 반 수 정도 우세한 수준인 듯했다.

또한 무당검수들의 초식이나 공격 형태, 싸우는 모습은 무척 생소했다.

하지만 이질감은 느껴지지 않았다. 오히려 매력적이라는 생각이 들었다.

독고풍이 배운 사대종사의 수많은 사독요마 무공들이나,

그가 지금까지 상대했던 무수한 고수들이 사용한 무공하고는
격(格)이 달랐다.

표현력이 풍부하지 않은 독고풍은 무당검수들의 초식이
깨끗하면서도 품격 같은 것이 있다고 느꼈다. 그는 무공 초식
에도 품격이 있다는 사실을 지금 처음 깨달았다.

또한 무당검수들은 집요하면서도 물러섬이 없었다. 깨끗
하고 품격 높은 무공 초식을 전개하면서도 반면에 손속은 날
카롭고 매서웠다.

무당검수들이 싸우는 광경을 보면서 독고풍은 조금쯤 안
계를 넓힌 것 같은 기분이 들었다.

다시 주위를 둘러보던 그는 원진의 뒤쪽으로 자신의 수하
들이 둘러앉아서 휴식을 취하고 있는 광경을 발견했다.

궁의와 강조, 기개세 도합 세 사람만 앉아서 운공조식을 하
고 있었다.

그들은 핏구덩이 속에 들어갔다가 나온 것처럼 온몸에 피
를 뒤집어쓴 모습이어서 알아보기 어려울 정도였다.

그러나 독고풍은 그들 세 사람의 온몸에 난도질이라고 해
야 적당한 표현일 만큼 극심한 중상을 입었다는 사실을 알 수
있었다.

그들 주위에는 십칠팔 명이 누워 있었다.

독고풍이 보기에 가지런히 눕혀져 있는 사람들은 이미 죽
었고, 편한 자세로 눕혀진 사람들은 앉아 있을 기운조차 없을

정도로 중상을 입은 것 같았다.

그런 식으로 계산했을 때 죽은 사람이 열한 명, 생존자가 열 명이었다. 아니, 독고풍까지 열한 명이다.

그러나 독고풍은 아까처럼 미칠 듯이 분노하거나 절망하지 않았다.

존재하는 모든 감정에는 한계라는 것이 있다. 그것을 넘어서고 나면 감정에 초극해진다. 그리고 가장 강렬한 것 한 가지만 남게 된다.

독고풍의 경우에는 슬픔이 남았다.

아마 적멸가인의 죽음 앞에서 그는 모든 감정을 폭발시켰고, 이후 초연해진 것 같았다.

지독한 슬픔만을 남긴 채.

독고풍은 죽은 수하들을 보면서 깊이를 알 수 없는 극심한 슬픔을 느끼고 있었다.

문득 무엇을 발견했는지 그의 눈이 조금 커졌다.

자미룡이 편안한 자세로 눕혀져 있는 것을 보았다. 살아 있다는 것이다.

"진아……."

그는 움찔하면서 조금 몸을 일으켰다.

"그녀는 두 군데 더 상처를 입었지만 무사히 고비를 넘겼습니다."

"그런가……?"

자미룡. 그녀 때문에 이 비극이 벌어졌으나 독고풍은 그녀
가 조금도 원망스럽지 않았다.

자미룡이 아니었더라도 언젠가는 독고풍의 우매함 때문에
일이 터졌을 것이다.

자미룡은 단지 그 시기를 조금 앞당겼을 뿐이다.

독고풍은 '자미룡이 고비를 넘겼다' 라는 원진의 말에서
그가 그녀를 치료했다는 사실을 깨달았다.

"풍……."

그가 상체를 틀어 자미룡을 보고 있을 때, 뒤쪽에서 미약한
신음 소리가 들렸다.

그 소리는 모깃소리처럼 작았으나 독고풍은 분명히 '풍'
이라고 알아들었다.

그리고 그 목소리는 분명히 적멸가인의 것이었다.

독고풍이 급히 상체를 돌리자 자신의 앞에 적멸가인이 아
까처럼 반듯하게 누운 자세에서 힘없이 반쯤 눈을 뜨고 있는
모습이 보였다.

"정아!"

그는 격한 감정이 실린 목소리를 터뜨렸다.

적멸가인이 그를 향해 배시시 미소를 지었다.

"후후, 염라대왕이 소녀더러 아직 당신 곁에서 할 일이 남
았으니 돌아가라고 하더군요."

"정아……."

독고풍은 그저 그녀의 이름만 부르며 손을 뻗어 그녀의 손을 잡았다.

어깨에서부터 반대편 옆구리까지 길고도 깊게 베어진 그녀의 상처가 독고풍의 눈 속으로 아프게 파고들었다.

그녀가 팔차등주에게 당한 직후 정신이 엄엄한 상황에서도 독고풍이 지혈을 하는 등 응급처치를 잘한 덕분에 염라대왕이 그녀를 돌려보낸 것이다.

"풍 랑."

적멸가인이 여전히 배시시 웃으며 그를 불렀다.

"응?"

"사랑해요."

"그래."

독고풍은 미소를 지으며 고개를 끄덕였다.

"사랑해요."

적멸가인이 또 같은 말을 했다. 할 수만 있다면 그녀는 지금부터 죽는 날까지 독고풍에게 '사랑한다' 라는 말만 했으면 좋겠다고 생각했다.

아까 마지막 한 움큼의 호흡이 남았을 때, 그녀는 자신이 얼마나 독고풍을 사랑하는지 깨달았었다.

그래서 자신의 사랑을 그에게 전해주고 싶었는데 뜻대로 되지 않았다.

잠시 죽어 있는 동안에 그녀는 아마 그 방법에 대해서 골몰했던 것 같다.

그러나 자신의 넘치는, 가슴이 터질 듯한 사랑을 전할 수 있는 방법이 '사랑해요'라고 말하는 것밖에 없다는 사실을 깨달았다.

평소의 독고풍 같았으면 적멸가인의 '사랑해요'라는 말에 별다른 반응을 보이지 않았을 것이다.

그러나 지금은 그녀의 절절한 심정이 고스란히 그의 가슴 속으로 녹아들었다.

그는 적멸가인의 뺨을 부드럽게 쓰다듬으며 미소 지었다.

"그래, 나도 너를 사랑한다."

그가 사랑한다고 말한 여자는 은예상에 이어서 적멸가인이 두 번째다.

"고맙다, 살아나 줘서……."

그리고 또 그는 그렇게 말하면서 고개를 끄덕였다.

적멸가인의 심정이 독고풍에게 전해졌듯이, 그의 말속에 함축되어 있는 깊고도 짙은 뜻을 그녀는 하나도 놓치지 않고 받아들였다.

한차례 운공조식을 하고 난 독고풍은 벌떡 일어섰다.

큰 중상을 입지 않고 과다한 공력 허비가 문제였기 때문에 한차례 운공조식으로 칠 할의 공력을 회복한 것이다.

운공을 끝낸 궁의가 원진과 교대하여 호법을 섰고, 원진은 운공조식을 하고 있었다.

독고풍이 일어서자 운공조식을 끝내고 중상자들을 돌보고 있던 강조와 기개세도 따라 일어섰다.

독고풍은 아직도 끝나지 않은 무당파와 팔혼낭차의 격전을 쳐다보았다.

얼핏 보니까 팔혼낭차는 이백여 명 정도가 남았고, 무당검수들은 백여 명이 죽은 상황이었다.

무당검수의 무공 수위가 팔혼낭차보다 약간 우세하고, 팔혼낭차들이 모두 지친 상태였으며, 무당검수들이 훨씬 많은 숫자로 그들을 포위, 압도적인 협공을 펼쳤기 때문에 팔혼낭차들의 피해가 곱절이 된 것이다.

그래도 무당검수들이 백여 명이나 죽었다는 사실은 독고풍에게 빚으로 느껴졌다.

이것이 무적방의 싸움이든 중원무림의 싸움이든 상관이 없다는 생각이다.

단지 빚을 졌다는 것이 께름칙할 뿐이다.

"너희는 이들을 지켜라."

독고풍이 명령하고 격전장 쪽으로 막 신형을 날리자 궁의와 강조가 즉시 뒤를 따랐다.

"저희도 가겠습니다."

독고풍은 이 장쯤 갔다가 신형을 멈추고 돌아보았다.

기개세 혼자 동료들 옆에 우두커니 서서 얼굴이 붉으락푸

르락하고 있었다.

누구보다 싸움을 좋아하고, 또 독고풍을 호위하는 것을 좋아하는 기개세는 다친 동료들을 한 마리 개처럼 지키고 있어야 한다는 사실 때문에 심기가 편치 않았다.

독고풍은 고개를 끄덕이고 다시 신형을 날렸다.

"가자."

기개세는 멀어지는 독고풍 등을 보면서 얼굴이 더욱 구겨지며 주먹으로 허공을 때렸다.

"썅!"

동이 트고서도 한 시진이나 지난 진시(辰時:아침 8시)가 돼서야 길고도 처절했던 격전이 끝났다.

팔혼낭차 팔백칠십 명은 전멸했다. 그런데 이상하면서도 다행인 것은, 팔혼낭차들이 단 한 명도 도주하지 않고 이 자리에서 떼죽음을 당했다는 사실이다.

도주한 자가 없으니 그들이 이곳에서 전멸했다는 사실이 대천신등에 알려지지 않을 것이다.

하지만 한 명도 도주하지 않을 정도로 그들의 투혼과 책임감이 철저하다는 사실 때문에 모두의 가슴이 납덩이를 올려놓은 것처럼 답답했다.

무당파는 모두 백삼십오 명이 죽었고 이백여 명이 부상을 입었다.

부상자 중에서 오십삼 명은 생명이 위태로웠다. 그들까지 죽게 된다면 무당파는 백팔십팔 명을 잃게 된다.

무적방은 독고풍을 비롯하여 적멸가인, 자미룡, 무적사영, 강조, 기개세, 보필 형제, 석중명, 냉운월 등 열두 명이 살아남았으며 열 명이 죽었다.

살아남은 열두 명은 모두 중상을 입었다. 금강불괴인 독고풍이 어깨와 옆구리에 부상을 입었을 정도인데 다른 사람들이야 오죽했겠는가.

독고풍과 광양자가 세 걸음 거리를 두고 마주 섰다.

독고풍의 좌우에는 강조와 기개세가, 뒤에는 원진과 궁의가 우뚝 서 있었다.

광양자의 뒤에는 열두 명의 젊은 무당검수가 당당하게 일렬로 늘어섰다.

그들은 광양자의 직계 제자이면서 무당파가 자랑하는 태극십팔검(太極十八劍) 중 열두 명이다.

오늘 격전에서 그들 중 세 명이 죽었으며, 세 명이 중상을 입었다.

무당파는 정말 큰 대가를 치른 것이다.

독고풍과 광양자는 한동안 서로를 묵묵히 응시했다.

두 사람은 난연장에서 처음 만났고, 그곳에서 창해자와 무량자가 독고풍에게 무참히 죽었다.

예전 같았으면, 아니, 조금 전에 끝난 그 싸움이 있기 전까지의 독고풍이라면 지금 같은 상황에서 데면데면하게 굴거나 어떤 돌발적인 행동을 했을 것이다.

하지만 그는 이 싸움에서 많은 것을 깨달았고 배웠다.

중원이라는 것이, 그리고 사람과 사람 사이의 관계라는 것이 그렇게 호락호락하며 아무렇게나 행동하는 것이 아니라는 사실을 말이다.

"고맙소."

독고풍이 침묵을 깨고 먼저 말문을 열었다. 거두절미하고 그렇게 말했다.

만약 무당파가 돕지 않았으면 독고풍은 데리고 온 모든 사람들을 잃었을 것이다.

그 자신의 목숨은 부지했을지 모르지만, 그것 때문에 죽을 때까지 치유될 수 없는 후유증을 앓게 됐을 터이다.

그러므로 그의 '고맙다' 라는 말은 많은 뜻을 함축하고 있으면서 또한 단순한 뜻이기도 했다.

"고맙소."

광양자도 같은 말을 했다. 마군황에 이어서 그의 후계자인 혈풍신옥마저 중원무림을 위해서 대천신등과 싸워준 것에 대한 고마움이었다.

또한 그로 인해서 '복수' 라는 칠흑 같은 어둠 속에 갇혀 있던 광양자의 어리석음을 일깨워 준 것에 대한 깊은 고마움이기도 했다.

두 사람이 상대의 말에 대해서 얼마나 이해했느냐는 차치
해 두고서라도, 한 가지만은 분명했다.

서로에 대한 앙금을 털어버렸다는 사실이다.

독고풍이 빙긋 미소를 머금었다.

"이후 당신 말에는 귀를 기울이도록 하겠소."

광양자는 생각했던 것보다 독고풍이 마군황을 더 닮았다
는 사실을 깨달았다.

또한 그가 생각했던 것처럼 개망나니가 아니라는 사실도
더불어 깨달았다.

광양자도 빙그레 미소를 지었다.

"무량수불. 이후 빈도는 혈풍신옥 도우께서 부르면 언제든
달려가도록 하겠소."

원진과 강조 등은 독고풍이 너무 의젓하고 훌륭해서 가슴
이 뿌듯했다.

"하나만 부탁해도 되겠소?"

광양자가 정중하게 물었다.

"말해보시오."

"대동협맹 맹주를 만나주시오. 도우의 안전은 빈도가 보장
하겠소."

광양자가 긴장된 표정을 짓는 것과는 달리 독고풍은 선선
히 고개를 끄덕였다.

"그러겠소."

독고풍은 그가 무엇 때문에 그런 부탁을 하는지 짐작할 수 있을 것 같았다.

광양자는 밝은 표정을 지었다.

"고맙소. 날짜가 정해지면 연락해 주시오."

"알겠소."

독고풍은 가볍게 고개를 끄덕이고는 몸을 돌려 적멸가인과 자미룡 등이 누워 있는 곳으로 걸어갔다.

기개세와 궁의가 그의 뒤를 따랐고, 원진과 강조는 광양자와 구체적인 것을 상의하기 위해서 그곳에 남았다.

독고풍은 성큼성큼 걸어가는 도중에 두 가지 사실을 분명하게 깨달았다.

광양자가 진정한 무인(武人)이라는 것, 그리고 사람은 겉만 보고 평가해서는 안 된다는 사실이다.

독고풍의 뒷모습에서 시선을 떼지 못하고 있는 광양자도 두 가지를 깨닫고 있었다.

혈풍신옥이 마중협(魔中俠)이라는 것.

그리고 장차 중원무림이 또다시 그에게 큰 은혜를 입게 되리라는 사실이다.

당하 변 넓은 초지에 천 구가 넘는 시체가 시산혈해를 이루었고, 핏물이 작은 냇물이 되어 당하로 흘러들었으며, 어느새 까마귀들이 모여들고 있었다.

짙은 혈향이 강바람을 타고 사방으로 흩어졌다.

*   *   *

　찌는 듯한 구서(九暑)의 한복판 칠월 중순.

　강남 호남성 악양 대로에 일남일녀가 들어서고 있었다.

　남자는 십팔구 세의 헌칠하고 준수한 천하의 미남자고, 여자 역시 비슷한 나이인 눈이 번쩍 뜨이는 경국지색(傾國之色)의 미녀였다.

　남자는 칠흑처럼 검으면서 얇은 박의(薄衣) 흑의 경장을 입었으며, 여자는 꽃무늬의 고운 능기(綾綺) 상의에 구름 무늬가 수놓아진 아름다운 운금상(雲錦裳:치마)을 입었다.

　독고풍과 적멸가인이 악양성에 모습을 드러낸 것이다.

　두 사람은 몇 달 전하고는 많이 달라진 모습이었다.

　옷차림도 그렇지만 여유있고 화색이 감도는 얼굴 표정은 예전의 그들이 아닌 듯한 착각을 일으키게 했다.

　예전에는 천박하고 경망스러운 웃음이 시종 얼굴에서 사라지지 않았으며 어슬렁거리는 걸음걸이였던 독고풍이 지금은 의젓한 기품에 입가에는 엷은 봄바람처럼 부드러운 미소를 머금고 당당하게 어깨를 활짝 편 채 여유있는 동작으로 걷는 대장부로 변해 있었다.

　누가 봐도 명문대가의 귀공자 모습이다.

　또한 예전의 적멸가인은 대꼬챙이처럼 딱딱한 걸음걸이와

절도있는 행동, 찔러도 피 한 방울 나오지 않을 것 같은 냉정한 성격이었으며, 얼굴에는 항상 겨울바람 같은 냉랭한 기운이 감돌았었다.

그랬던 그녀는 독고풍하고는 반대로 변했다.

두 팔로 독고풍의 팔을 잡아 풍만한 젖가슴에 꼭 끌어안았으며, 뺨을 그의 어깨에 기대어 매달리는 듯한 자세에 발그레한 얼굴에는 행복이 넘쳐흘렀고, 한시도 독고풍 얼굴에서 시선을 떼지 못했다.

만약 예전에 그녀를 알고 있던 사람이 지금의 모습을 본다면, 겉모습은 적멸가인이 틀림없으나 행동이나 표정은 그녀가 아니라고 단언할 것이 분명했다.

대로를 가득 메운 행인들은 독고풍과 적멸가인의 옥골선풍 모습에 너도나도 할 것 없이 잠시 가던 길을 멈추고 바라보기에 여념이 없었다.

천하를 떨어 울리는 혈풍신옥과 적멸가인이 정협맹의 앞마당이나 다름이 없는 악양성 내 대로에 나타났으나 아무도 두 사람을 알아보지 못했다.

독고풍은 워낙 신출귀몰해서 진면목이 세상에 거의 알려지지 않았다.

적멸가인은 원래 은둔자처럼 생활했기에 악양이라고 해도 그녀의 얼굴을 알고 있는 사람은 아무도 없다.

"풍 랑, 어쩌실 거죠?"

적멸가인은 독고풍이 너무도 사랑스럽다는 듯 그의 뺨에 입술을 댈 듯이 밀착시키며 물었다.

그녀는 비단 겉모습만 변한 것이 아니다.

예전의 딱딱하고 무미건조하던 말투는 간데없고, 듣기만 해도 뼈를 녹일 듯이 나긋나긋한 콧소리와 상대의 간담을 서늘하게 만들던 싸늘한 눈빛 대신 끈적끈적하며 고혹적인 눈빛으로 무장을 했다.

그뿐만이 아니다. 독고풍의 팔을 가슴 깊이 더 끌어안으면서 풍만한 젖가슴으로 그의 팔을 자극하는 요녀의 행동도 마다하지 않았다.

그녀의 그런 변화는 누구에게 배운 것이 아니라 지난 몇 달 사이에 스스로 터득한 것이다.

한 사내를 목숨을 다해서 사랑하게 되고, 그의 사랑을 끝없이 갈구하다 보니까 그녀 자신도 모르는 사이에 지금처럼 변화했다.

늦게 배운 도둑질에 날 새는 줄 모른다더니, 지난 몇 달 동안 독고풍과 정신적으로나 육체적으로 질펀한 사랑에 빠졌던 그녀는 독고풍 주위의 여자들 중에서 최고의 요부(妖婦)로 변신에 성공했다.

독고풍은 동정호 쪽으로 석양이 지고 있는 것을 힐끗 보고 나서 대답했다.

"오늘은 너무 늦었다. 오늘 밤은 여기서 자고 내일 아침에 정협맹으로 가자.”

“좋아요.”

적멸가인의 목소리는 꾀꼬리가 높은 소리로 노래를 하는 것 같았다.

넉 달 전, 번성현 당하 강변의 혈전이 끝나고 나서 독고풍은 일행을 모두 배에 태우고 강을 거슬러 올라 하남성 낙양으로 향했었다.

부상자들의 치료가 급했지만 운거장에 머물 경우 또다시 대천신등의 공격을 받게 되는지 모르기 때문이었다.

낙양에 도착한 독고풍 일행은 그곳에서 기다리고 있던 설란요백, 균현 등과 조우하여 그들이 안내하는 은밀한 장원으로 향했으며, 그곳에서 적멸가인과 자미룡, 석중명 등 부상자들을 집중적으로 치료하면서 안정을 취하고 또 향후 대책을 의논했다.

다행히 서너 달 사이에 부상자들은 모두 완쾌했다.

그리고 그동안 줄기차게 머리를 맞대고 논의했던 문제들도 결론이 내려졌다.

첫째, 무적방은 무적군과 요마삼군단을 제외한 전체 세력을 절강성 천대산의 산중도에 은거시켜서 고도의 무공 연마를 시키도록 했다.

둘째, 낙양 인근에 대규모의 장원 한 채를 사들여서 은예상과 단예소, 요마낭 등 독고풍의 여자들이 머물 사가(私家)를 마련한다.

그리고 그곳은 요마삼군단에서 선출한 삼백 명의 요마고수들이 철통같이 지키며, 그녀들을 마종철위대(魔宗鐵衛隊)라 명명했다.

셋째, 무당 장문인 광양자가 독고풍더러 대동협맹주 무적검절 태무천을 만나달라고 한 부탁을 이행하되, 그전에 정협맹주인 옥검신룡 북궁연을 만난다.

그것은 적멸가인의 의견이었다. 대동협맹보다는 정협맹의 젊은 고수들이 중원무림을 더 염려하는 진정한 협의지사이며, 정협맹 세력이 대동협맹보다 세 배 이상 거대하다는 이유 때문이었다.

그래서 독고풍과 적멸가인은 정협맹주 북궁연을 만나기 위해서 낙양을 떠나 악양까지 장장 한 달여의 긴 여행을 한 것이다.

그 한 달 동안 적멸가인은 말로는 도저히 설명할 수 없을 만큼 행복했다.

깨어 있을 때에도 잘 때에도 언제나 두 사람은 한 몸처럼 함께 붙어 있었다.

그 한 달 동안 적멸가인이 가장 좋았던 것은 물론 한밤중의 격렬한 육체의 향연이었다.

날짜는 한 달이지만, 적멸가인은 하룻밤에 수십 차례나 숨이 끊어졌다가 소생하는 초절정의 쾌감을 만끽, 또 만끽

했다.

굳이 몇 번이냐고 숫자를 계산한다면, 대충 오륙백 번쯤 천당에 다녀왔다고 말할 수 있을 것이다.

그사이에 그녀는 완전히 성에 눈을 떴으며, 천하에 다시없을 색녀(色女), 그리고 요부로 변했다.

물론 낮에는 누구에게도 지지 않을 다소곳한 현모양처가 되는 것은 두말할 나위도 없었다.

그 결과 지금은 조금 과장을 보태면, 독고풍의 옷자락만 살짝 붙잡고 있어도 순식간에 절정에 도달할 정도로 그에게 길들여진 상태가 되었다.

방금 독고풍이 석양을 보면서 '오늘은 너무 늦었으니 내일 아침에 정협맹으로 가자' 라고 한 말은, 적멸가인에게 '오늘 밤은 어디 가서 뜨겁게 온몸을 불태워 보자꾸나' 라는 말로 해석이 된 것이다.

"가요, 풍 랑. 소녀가 좋은 곳을 알고 있어요."

악양성은 적멸가인에게 고향이나 다름이 없는 곳이라서 어디에 조용하고 멋진 객잔이 있는지 훤히 알고 있다.

독고풍을 거의 끌다시피, 그리고 자신도 모르게 경공을 전개하고 있는 적멸가인의 속곳은 이미 축축이 젖어 있었다.

남들이 보든 말든 적멸가인은 독고풍의 팔을 꼭 잡고 대로에서 벗어나 지붕 위를 쏜살같이 날아가고 있었다.

"정아, 아직 해도 지지 않았다."

독고풍이 해를 가리키며 짐짓 책망을 했다.

그러자 적멸가인의 손이 독고풍의 괴춤으로 쑥 들어갔다.

"글쎄, 애는 낮과 밤을 모른다니까요?"

『대마종』9권에 계속…

은하의 계곡

무천향

武天鄕

허담 新무협 판타지 소설

뿌리를 찾아가는 목동 파소의 여행.
그 여정의 끝에서
검 든 자들의 고향 대무천향 (大武天鄕)을 만난다.

검객 단보, 그는 노래했다.

…모든 검 든 자들의 고향 무천향.
한초식의 검에 잠든 용이 깨어나고, 또 한초식의 검에 잠든 바다가 일어나네.
검의 흐름을 따라가다 보면 어느새, 세월도 잊어버리고, 사랑도 잊어버리고,
무공도 잊어버려…….
결국에는 자신조차 잊어버리는…….

은하의 가장 밝은 빛이 되어버린다는
그 무성(武星)들의 대지(大地).

아, 대무천향(大武天鄕)이여!

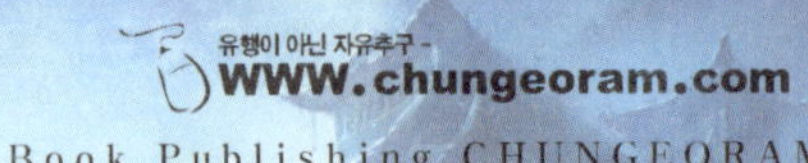

낭왕 狼王

별도 新무협 판타지 소설

살내음 나는 이야기에 여러분은 가슴 졸인 적이 있는가?
남들이 볼까 두려워하며 책을 가리면서 읽었던 구절을 몇 번이나 반복하며
읽은 적이 없는가?

구무협의 향수를 그리워하던 별도가 결국은
〈무협의 르네상스〉를 부르짖으며 직접 자판 앞에 앉았다.

"제가 무협을 쓰기 시작한 이유는 더 이상 읽을 책이 없었기 때문입니다."

모든 일은 4년 전부터 시작되었다.
살인사건을 배경으로 펼쳐지는 음모와 배신, 사랑과 역공작,
그리고 정사!

우리 시대의 이야기꾼, 별도의 새로운 글, 〈낭왕狼王〉!
〈천하무식 유아독존〉, 〈그림자무사〉, 〈검은여우黑心狐狸〉에
이은 그의 또 하나의 역작!

화공도담

畵工道談

존부 新무협 판타지 소설

예(禮)와 법(法)을 익힘에 있어
느리디 느린 둔재(鈍才).
법식(法式)에 얽매이기보다 마음을 다하며,
술(術)을 익히는 데는 느리지만
누구보다 빨리 도(道)에 이를 기재(奇才).

큰 지혜는 도리어 어리석게 보이는 법[大智若愚]!

화폭(畵幅)에 천지간(天地間)의 흐름을 담고
일획(一劃)에 그리움을 다하여라!

형식과 필법을 익히는 데는 둔하나
참다운 아름다움을 그릴 수 있게 된
화공(畵工) 진자명(陳自明)의 강호유람기!

유행이 아닌 자유추구 -
WWW.chungeoram.com
Book Publishing CHUNGEORAM

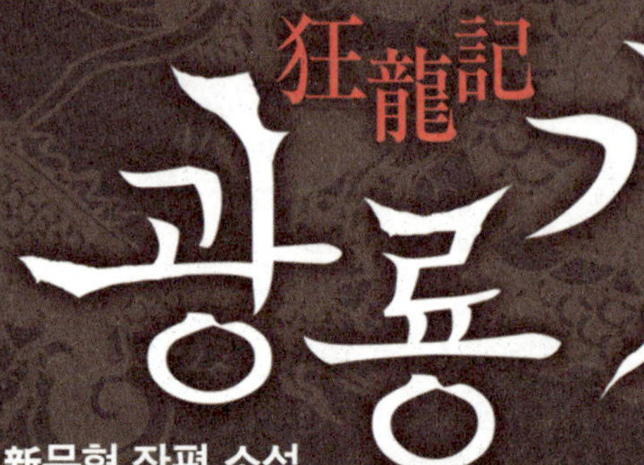

狂龍記
광룡기

장담 新무협 장편 소설

미친 바람이 동해에서 불기 시작했다!
둥지를 떠난 광룡(狂龍)이 강호에 나타났다!

내가 가고 싶은 대로 간다.
내가 하고 싶은 대로 한다.
누구도 내 앞을 막지 마라!

한겨울, 마침내 광룡의 전설이 시작되고,
천하가 광룡과 빙심에 뒤집어졌다!

유행이 아닌 자유추구 -
WWW.chungeoram.com

Book Publishing CHUNGEORAM